轉生為睡走情色遊戲女主角的男人，但我絕不會幹這種事

みょん

Vol. 2

Kadokawa Fantastic Novels

彩頁／內文插畫　千種みのり

第1章

轉生到遊戲世界——那種事情，我曾一直以為是不可能發生的。

普通地活著、普通地生活、普通地老去、普通地結束生命……這就是人類的一生，也是理所當然的日常。我本來也應該會過著那樣的生活。

但是，我卻意外地轉生了——在意識到的時候，就已經轉生到一個名為《我被奪走了一切》的情色遊戲的世界裡。

不是主角，而是從主角身旁，將女主角奪走的男人——雪代斗和。

雖然對轉生這件事感到困惑，感到迷惘什麼的也是理所當然，但我的意識卻像是順應著斗和的身體似的，在這個世界穩定了下來。

雖然還沒在這個世界待上幾個月……即使如此，我心中有著一股情感。

這個世界中，身為主角青梅竹馬的女孩——女主角音無絢奈，我想要守護她的笑容，期望與她共度今後的時光。

她所懷藏著的東西、這個世界的謎團……即使那存於黑暗之中，我也絕對會抓住它給你看。

因為我相信，那其中一定有我來到這個世界的意義。

▽▼

「……明明都已經那樣下定決心了。」

「怎麼了嗎？」

「不……什麼也沒有。」

想要知道這個世界隱藏的真相，想知道絢奈所背負的事物……我明明應該是那麼想的，但是甜蜜的感覺將我的那股意志融化，讓我無法行動。

「因為這裡就只有我們兩人。就這樣好好放鬆吧。」

將視線轉向在我耳邊低語的聲音。

坐在我身邊抱住我手臂的女生——音無絢奈正微笑地看著我的臉。

今天難得地和朋友相坂兩人一起吃完午飯後，想用剩下空閒的時間重新整理一下思緒，於是我一個人來到了學校頂樓。

『斗和同學，你在這裡呢。』

正當我獨自悠閒時，門被打開，她探出頭來。

這麼說可能有點怪，正因為沒感覺到身後有人在似的被跟著，所以即使她面露微笑，我還是被突然出現的她嚇了一跳。

『斗和同學……斗和同學♪』

她彷彿像是在說既然兩人獨處了那現在就是我的回合一樣地靠了過來，拉近我們之間的距離。

想要沉浸在自己的思緒當中，想思考接下來的事情……即使這麼想，但我最想要的還是與她相處的時光，所以當事情演變成這樣時，我也無法抗拒。

「還有二十分鐘左右啊……」

「是啊。還有很多時間可以打情罵俏喔？」

絢奈的臉紅了起來，眼神充滿期待地看著我。

她的這副模樣實在太可愛了，而且散發出了非常不得了的魅力——我將手輕撫上她的臉頰，靠近她的臉並吻了下去。

「唔嗯……啾！」

很少有學生會上來頂樓，除了我們以外，這個地方沒有任何人在。

困難的事情就先暫時擺在一邊，就如她所說，現在就好好享受這一刻吧。

她長而順滑的黑髮毫無分叉，用手指順過也完全沒有任何阻礙。
「絢奈的頭髮真漂亮啊。」
「謝謝你。雖然長髮需要費心打理，但如果斗和同學會這樣誇獎我的話，那我每天的努力也是值得的呢♪」
真不知道為什麼這個女生該說是這麼懂得討別人歡心嗎，總是會準確地說出讓人高興的話。
我凝視著她寶石般的眼睛。
絢奈似乎還想接吻，但老實說，再這樣繼續下去的話以各種方面來說會有危險。
「我們差不多該回去了。」
「咦？時間還夠喔？而且不是才剛要開始嗎？」
「什麼才剛要開始？」
「從現在起才剛要開始啦。」
她眼神矇矓地注視著我，散發出比剛才更加甜蜜的氛圍。
當我意識到自己轉生到這個世界時，雖然對她為什麼與我的距離如此親密而感到困惑，但卻讓我感到有些懷念。
（那一天……自從我開始渴求絢奈，她的存在就變得越來越重要。）

無法否認自己是被情勢左右，但那時我是發自內心地渴求著絢奈。
也由於那件事，我對她產生了強烈的渴望，並且有了想陪在她身旁的明確目標……但總之，現在暫時鐵下心腸拒絕絢奈。
「畢竟現在是在學校啊。雖然親妳的我這麼說也有點……」
「咦～之前在視聽教室不是都做到最後了嗎……」
「唔！！」
聽到她充滿遺憾低聲說出的話，我睜大了眼睛。
關於斗和的記憶就像是透過體驗來得知，或者與絢奈等人的接觸進而回想起來的。當然也有很多還沒想起來的部分——現在，從絢奈口中聽到的資訊，可說是非常的驚人。
「呃……那個……」
「哼……！」
雖然她正可愛地鼓起臉頰，但不好意思，可以讓我說一句嗎？喂，斗和！你這傢伙在學校都做了些什麼啊！學校是學習的地方，才不是做那種事情的場所，你明白嗎！
不不不，你剛才不也親了人家嗎？如果被這麼說的話，我也只能乖乖閉嘴，毫無辯駁的餘地。但做了那種事還是有點太……不是嗎？
（在學校裡做那種事，又不是什麼情色遊戲……啊，是情色遊戲的世界啊。）

「說起來確實是如此」，我在內心默默地接受了，然後總算是說服絢奈一起回到了教室。

絢奈似乎打算和朋友們一起享受剩餘的時間，於是朝她們走去。

我正目送著她的背影時，一個男生立刻向我搭話。

「你剛才和絢奈在一起嗎？」

站在我身旁的人是佐佐木修——這個世界的男主角。

點了點頭回應他的話，然後走向自己的座位時，修直接跟在我的身邊。

「因為才剛要吃午飯的時候她就消失了呢。這樣啊，如果是在斗和身邊的話就可以安心了吧。」

「……嗯，只是稍微聊了一下而已啦。」

不論是接吻的事，還是深入交談的事，我都絕不會告訴他。

原本，當我意識到自己轉生到這個世界的時候——我抱持著為了修和絢奈，我什麼都不會做的想法。

然而，當我像這樣成為斗和並試著度過了一段時間後，那個想法產生了巨大的改變。

我想要保護絢奈。想要守護她的笑容。這個職責不論是誰……甚至是修，我都絕不想讓給任何人，這個想法也愈發強烈。

「怎麼了？」

「不，沒事啦。」

我避開了修的目光。

知道他對絢奈的感情，卻在背地裡繼續與絢奈保持著祕密的關係……這使我產生了一股罪惡感，卻也確實得到一絲優越感。

「…………」

但是果不其然，我心中感覺總是有個不小的疙瘩在。

儘管我還無法清楚地描述出來，但我想要知道這種彷彿記憶被掩蓋住、奇怪感覺的真面目……必須要知道才行。

「好啦，快要開始上課了，回去吧。」

「啊，嗯。知道了。」

修離開後，才真正地安靜了下來。

一邊在為下節課做準備，我思考著的仍然是這個世界的事。最近一直都是這樣，但能夠集中精神思考並不是件壞事。

課堂開始了，我正認真地將黑板上的內容抄寫在筆記本上的時候……

「……咦？」

黑板上的文字變得扭曲，浮現出一些極為不合時宜的句子。

逼迫他們……逼迫他們……

折磨他們……折磨他們……

「……什麼啊？」

我不由得用手放鬆了一下眼睛周圍。

當我立刻再次將目光轉回黑板時，原本的文字就並列在那，剛才一瞬間看到的那些無法理解的句子消失了。

也許是我累了，又或者是睡眠不足吧……不小心發出了一點聲音，旁邊的同學奇怪地看向我，於是我只能用一個曖昧的笑容來掩飾帶過。

「那麼這個問題，雪代來解解看吧。」

「……是。」

老師是發現我在發呆嗎？我原本那麼想，但似乎並非如此。

我立刻走向黑板解題——雖然是個需要稍微思考一下的計算題，但以斗和的能力，還是順利地解出了正確答案。

就在看到老師滿意地點頭，我放心地回到座位之前，偶然與擔心地看著我的絢奈對上了視線，所以或許她有注意到剛才的異狀也說不定。

（不用擔心。我沒事的。）

我明明只是在心裡這麼輕聲說著，絢奈卻微微地點頭回應。讓我不禁驚訝，剛才的想法居然傳達給她了嗎？不過畢竟是絢奈，好像也不是什麼奇怪的事。

在那之後，雖然還是一邊思考，但我沒有錯過老師的講解，只有表面上認真地上課，直到放學。

「呼～～！今天也累死了啦！」

下課敬禮一結束，今天頭也剃得亮晶晶的朋友——相坂隆志這麼說道。

「辛苦了啊。不過你接下來要去參加社團活動吧？反而現在開始才會更累吧。」

「不不不，因為我喜歡棒球，所以沒關係啦。至少比起安靜坐在椅子上，聽著讓人想睡覺的內容還要好幾百倍！」

那倒是……確實可能是這樣，我苦笑著。

就在我和相坂如此交談著的時候，一個清澈通透的聲音從教室門口傳來。

「不好意思打擾一下，佐佐木同學在嗎？」

不只是我和相坂，還留在教室的其他學生，眼睛都轉向了那裡。

從門口探頭窺探著教室內的人是本条伊織——我們的學生會會長，也和絢奈一樣同為這個世界中的女角之一。

「怎麼了？」

「……沒事。」

我不自覺地一直盯著她……盯著伊織看，相坂因此疑惑地歪了歪頭。

雖然曾多次想過，不僅是絢奈，伊織還有其他女角，她們的外貌水平實在是太高了。

當然不僅是外表漂亮，和她們交談後，也能清楚地感受到她們內心的純潔。

（當然也有例外啦……）

是的，排除了的例外。

腦海中浮現的是修的妹妹和母親，還有……絢奈的母親。不過現在沒有必要如此深入思考這件事。

被呼喊的修走近了我們視線前方的伊織身旁。

他們那樣交談了些什麼之後，修便和伊織一起離開了，看來今天放學後又要去幫她的忙了吧。

「是說，你社團時間沒問題嗎？」

「哎呀糟了。那我走啦！」

就在我目送匆忙離開教室的相坂時，絢奈像是接替似的來到了我身旁。
「要回去了嗎？」
「嗯……啊，不好意思，我先去一下廁所。」
她沒有說要等修呢，我苦笑著並離開了教室。
在路上，我與一個不常在這層樓出現並大我們一屆的學長擦身而過，但我並沒有特別在意，就繼續往廁所走去。
「……呼～～」
在我舒暢地解決了該解決的事情後，一邊洗手一邊凝視著映照在鏡子中的自己。
在這個世界中我的身體……雪代斗和有著端正的樣貌，但鏡子裡的斗和，眼神似乎有些恍惚。
我輕輕伸出淋濕的手，試著觸碰鏡子裡的自己。
然而理所當然的，映照在鏡子中的斗和只是重複了我的動作而已。表情沒有任何變化，也沒有自己動了起來像恐怖片一樣的事情發生。
「……真是的，我在幹嘛啊。」
我對沒有旁人在，就做出蠢事的自己苦笑了起來。
在回去找絢奈的途中，我一邊用手帕擦手，想起在那節課上看到的文字。

「逼迫他們……逼迫他們……折磨他們……折磨他們……」

正如我此刻說出口的，我確實那樣看到了。

當時我雖然被突然發生的事嚇了一跳，但後來還是當作錯覺帶過了，不過這是怎麼回事呢……這句話莫名地留在我的腦海中。

就像是聽完一首令人印象深刻的歌曲一樣。

（搞不懂……但既然這麼令我在意，想必一定有些什麼。記著也不會有損失吧。）

我這樣想著，回到教室的時候，剛才和我擦肩而過的學長就站在絢奈面前。

「我說音無同學。妳能不能抽點時間給我？」

「我已經告訴過你，我沒有那種時間了。您請回吧。」

「別這麼說嘛。妳現在是一個人吧？」

「…………」

光是從絢奈和學長的對話，就可以理解發生了什麼事。

從學長輕浮的外表來看，不難想像他會有特意走到低一年級的教室做出這種舉動的行動力，但如果可以的話，還是希望他至少能意識到自己帶給女生困擾的這件事。

「絢奈。」

「啊，斗和同學！」

先看看情況？我並沒有打算這麼做。

留在教室裡放下心來的同學，以及因為絢奈喊出聲音而感到驚訝的學長，他們的視線都投向了我。

「抱歉啦。讓妳久等了。」

「不會不會，完全沒關係的喔。」

絢奈微笑著，彷彿連學長的存在都無關緊要一樣，把書包揹上肩，就走到了我身旁。

「喂，音無同學，等一下——」

「學長。絢奈對你並沒有意思，所以請你放棄吧。」

「唔……」

雖然我語氣一直柔和，但因為希望他至少能考慮到他帶給絢奈的困擾，我僅用帶著一絲銳利的眼神看向他。

學長輕輕咂了咂舌並瞪著我，但他應該注意到了——這間教室裡除了我們，還留有其他的學生，絢奈的朋友們也在場。

她們也用譴責的眼神看著學長，他終於意識到形勢不佳，趕緊離開了教室。

「那我們走吧。」

「好的♪」

於是，我和絢奈一起走在了教室走廊。

她一改之前對學長露出的表情，現在的她看起來心情非常好，止不住微笑。

（她肯定……一直以來都像那樣被各種人告白吧。）

雖然這次學長只是想找她出去，但如果把這種也當作告白來算的話，那次數應該會相當可觀吧……絢奈就是如此有魅力的女生，許多男生都無不被她吸引。

能和這樣的她擁有親密關係，讓我感到非常高興……但是，修對我們的事情一無所知，我仍然對他感到愧疚。

而且更重要的是，由於過去的事情，使我對修多少產生了幸災樂禍的想法，這讓我不禁覺得自己真是個差勁的傢伙。

「……嗯？」

當我和絢奈一起走在走廊時，看見修和伊織搬著很大的包裹。

雖然他們並沒有注意到我們，但我因為擔心包裹太重，而一直盯著他們。

要去幫忙嗎……當我這麼想時，腳卻莫名地無法移動。

（奇怪……？）

為什麼我的腳沒辦法動？我正感到困惑。

然而，拉住我的手的人是絢奈。

「斗和同學。修同學他們沒問題的——所以我們就直接回去吧。」

我的腳原本像是被釘在地上動彈不得，但在一聽到絢奈的話時，瞬間動了起來。

傳到我手心的溫度，以及告訴我沒問題的溫柔嗓音……都像是在我耳邊低語，讓我將一切都交給她就好了似的。

隨著與修他們的距離越來越遠，剛才的異樣感也逐漸消失，當我們走出校舍時，我已經完全不在意了。

「接下來要怎麼辦？要直接回家嗎？」

「嗯～～那樣不覺得有點可惜嗎？」

「意思也就是說……你還想和我多待一下嗎？」

絢奈用食指輕觸嘴唇，以極為調皮的口吻說道。

不管她做什麼動作都很適合呢，我想著這種一如既往的想法，並理所當然地點了點頭。

「那麼，我們就難得地去約會吧！」

「好啊。」

是啊……就盡情享受和絢奈的約會吧。

話雖如此，但因為我們並沒有決定要做什麼或者去哪裡，所以今天似乎又會和絢奈一起隨意走著。

走出校門不久，田徑隊成員們在跑步的姿態映入眼簾。

看起來他們剛從外面跑回來，在那當中我注意到了一張熟悉的臉。

「啊，是絢奈學姊和雪代學長！」

正在跑步的他們，理所當然地出了一身汗，呼吸也有些急促，卻依然充滿活力地向我們打招呼的人是內田真理——是我們的學妹，同時也與絢奈和伊織一樣，是身為女角之一的人。

「妳好，真理。妳很努力呢。」

「是的！我總是全力以赴！因為這是我的座右銘！」

儘管停止前進，但真理仍不斷地抬腿在原地跑著，真的是個充滿活力的女孩，從我們第一次交談時我就這樣認為，但她那無比開朗的性格，也讓我也不禁露出了微笑。

「奇怪，修學長不在嗎？」

「那傢伙正在幫學生會會長做事喔。」

「……嗯哼。」

真理對我說的話露出明顯不滿的表情，不過因為她本來就有著一張可愛的臉蛋，所以即使是這樣的表情也很適合她，或者說無論她露出什麼表情，都會先讓人覺得可愛。

「喂，內田！社團活動還在進行中呢！」

「啊，是～～！那麼兩位，我們下次有機會再聊吧！」
「好喔。」
「呵呵，我很期待那個時候喔。」
目送真理之後，我們朝著鬧區走去。
就如同剛才所說，因為沒有明確的目的，所以我會和絢奈度過只是隨意地在周圍閒逛的時光。
（……但其實這樣果然也不錯呢。）
僅僅是和絢奈在一起，我的心情就雀躍地不能自拔。
我能不能為她做些什麼呢……並不是說要做多麼認真的事，我一心只想著此時此刻能做些什麼讓她更開心呢？
「哦，這位小哥，在和這位小姐約會嗎？要不要來點章魚燒？」
我們走在路上時候，一位在烤章魚燒的大哥叫住了我們。
章魚燒……嗎。
因為確實有點餓，我想這也不錯於是看向絢奈，她也點頭表示一定要買。
「那麼請給我八個。」
「好的。要加美乃滋嗎？」

「儘量加多一點。」

「好喔！」

吃章魚燒當然少不了美乃滋啊！

於是，我們從大哥手中接過熱騰騰的章魚燒，在附近的長椅坐了下來。

我們兩人都一邊吹氣，留意著不要被燙傷並將章魚燒送入口中，但果然還是很燙，吃起來費了一些工夫。

「好、好燙呢！」

「燙……好燙！」

我們一邊互相說著好燙好燙，一邊努力讓章魚燒在口中轉動並吃下去。

雖然燙到無法輕易吃下去，但那味道實在很特別。

沒過多久，吃完了八個章魚燒，我們單手拿著冷飲，度過悠閒的時間。

「斗和同學。」

「什麼事？」

「剛剛的事情，謝謝你。」

「剛剛的……啊～～是指學長的事情嗎？」

「是的。」

看來現在的道謝是因為學長的事。

因為也沒有演變成什麼暴力事件，而且那個人也很快就撤退了，沒有引發任何大問題，所以真的不是什麼需要道謝的事。

我自然地伸手觸摸絢奈的臉頰，同時繼續說道：

「這並不是什麼需要道謝的事喔。知道絢奈覺得那個人有點煩，但更重要的是，我不能容忍那樣的事情在我眼前發生。」

「……是嗎♪」

絢奈露出開心的表情，用自己的手包覆住我放在她臉頰上的手，就這樣像是在享受那觸感似的不放開。

「可以暫時維持這樣嗎？」

「嗯。」

既然是公主的請求，我當然不能不聽從啊。

但是……絢奈果然是個不可思議的人，或者說，極具魅力到了可怕的地步……可以說是深藏著某種會令人上癮的程度的東西。

因為我明明覺得這樣不行，卻還是忍不住把一切都交給她，什麼都不用想，如果能輕鬆就好了。

（這肯定是條輕鬆的路吧……什麼都不用想，單純地以雪代斗和的身分生活下去……這肯定是通往甜美生活的入口。）

與其選擇辛苦的路，如果有輕鬆的路就想選擇，這是人之常情。

但是，這樣是不行的，有什麼在我的內心如此呼喊——所以，我不能成為那種被動而隨波逐流的人。

「絢奈，這次可以換我主動嗎？」

「咦？」

輕輕地將手從她的臉頰上移開，把手放在她的肩膀上，就這樣緊緊地抱住她。

當我抱緊絢奈時，不可思議地，一股想憐愛她的強烈情感湧上心頭。

這和往常並沒有什麼不同……確實如此。

然而這份蘊藏在我心中的決心，絕不是什麼半吊子的東西。「隨波逐流就好」的想法，以及「不能這樣」的念頭，兩種情感在我的內心掙扎著，差點讓我笑了出來，但是唯獨抱持著強烈的決心這件事是可以肯定的。

「好！謝謝妳，絢奈。」

「呃……斗和同學？」

「哈哈，瞪大眼睛的絢奈也好可愛啊。」

「謝謝你……？」

不僅是瞪大雙眼，眨巴眨巴地眨著眼的絢奈也非常可愛。

在那之後，我們花了大約一個小時逛雜貨店等其他地方來打發時間，過了五點左右，終於打算回家……

然而，這個時候我看到了兩個人。

「啊……」

「怎麼了——」

究竟看到的是誰呢……雖然只是他們的背影，但我立刻就知道那兩個人是誰。

『你知道嗎？你是多餘的啊。』

『絢奈姊姊真倒楣耶。』

彷彿刺激到舊傷似的，腦中迴盪著這樣的聲音。

在那裡背對著我們的兩個人是——修的媽媽佐佐木初音，以及修的妹妹佐佐木琴音。

雖然成為斗和後曾經見過琴音一次，但從未見過初音阿姨，也沒和她說過話……透過夢境回想起在病房的對話，但果然對於她們只有糟糕的回憶。

「斗和同學。跟我來。」

絢奈輕輕溫柔地牽起我的手。

一瞬間……真的只是一瞬間，感覺到絢奈似乎露出了凶狠的表情，但我想應該只是我看錯了而困惑地歪了歪頭的當下──周圍的聲音突然消失，安靜了下來。

「怎麼回事……？」

我陷入彷彿只有自己被孤立於世界之外的感覺。

儘管絢奈依然拉著我的手，但一切都像是變成了慢動作一般。這到底是……？

「絢奈──」

就在我想詢問「妳現在感覺如何」的剎那，有人從旁邊走過。

正因為處在這個奇異的現象中，我不自覺地看向那個人──穿著黑色兜帽外套的怪異模樣，看不見表情也無法辨識是誰，我的視線就這麼被那個人所吸引。

「……咦？」

當我為了追上那個人而回過頭時，那身影已經消失不見。

那個景象彷彿一開始就不存在一樣，令我驚愕。但我再一次回頭看時，看到的依然是背對著我的琴音和初音阿姨。

逼迫他們……逼迫他們……

折磨他們……折磨他們……

有人在我的耳邊低語……是一個女生的聲音。

而且，那聲音就像在朗讀今天課堂中突然浮現在黑板上的那段文字般，震動我的耳膜。

「唔……！」

正當我不自覺用手扶額並停下腳步時，某個景象突然像是切換畫面一樣浮現在我的腦海中。

遊戲裡描繪著琴音和初音阿姨各自被男性侵犯而墮落，並把曾經深愛的修視為礙事的人，兩人墮落的靜止畫面……然後——

「斗和同學！」

「唔！」

有人在耳邊呼喚我的名字，使我回過神來。

還以為沒有走得多遠，但看來那只是我的錯覺，我們已經離琴音和初音阿姨有一段距離了，我嘆了一口氣，意識到自己發呆得多誇張。

「你還好嗎？看起來心不在焉的耶。」

「我沒事……嗯。我沒事。對不起，絢奈。」

「…………」

真是的，讓絢奈擔心的話豈不是沒轍了嗎！

就像在告訴她什麼都不需要擔心一樣，我牽起絢奈的手，再次邁開步伐。

然後我們來到了對我和絢奈來說，充滿回憶的那個公園。

因為已是傍晚時分，少了平常在這裡玩耍的孩子們的喧鬧聲，除了我們之外沒有其他人的身影。

「……………」

自從來到這裡就一直……不，是從我牽起她的手開始就一直是這樣。

在我身邊總是對我展露笑容的她，此時也只是低著頭保持沉默。

原因肯定是因為我看到琴音和初音阿姨時的反應吧……我抱緊了絢奈並輕拍著她的背。

「沒事的。我只是嚇了一跳，沒有特別——」

「你說謊。」

「唔……」

你說謊，她用強硬的語氣那麼說道，使我住了嘴。

因為我們抱在了一起，當絢奈抬起頭時，我們就一定會以極近距離互相凝視，我看見她那黯淡混濁的眼神。

「……絢奈？」

「我在。我是只屬於你的絢奈喔？」

她的聲音明明非常溫柔，但眼神卻讓人感到害怕，我不由自主地移開了視線。

絢奈將手臂環抱著我的背，用力回抱住我，同時繼續說道：

「沒事的喔，斗和同學。我一定、一定會把一切都結束掉的。」

「把什麼……」

「沒事的。斗和同學，你會沒事的。」

沒事的。那是一個侵蝕進心中的甜美聲響。

即使她所散發出的感覺與平時不同，而且還讓人感到害怕，但我仍然接受了她的擁抱，同時繼續緊緊抱住她。

「絢奈……妳對那兩個人是怎麼想的？」

對於我的問題，她微笑著回答道：

「討厭啊。從很久以前，我就打從心底討厭她們。」

▽▼

「……呼～～」

吃完晚餐後，我在自己的房間裡輕輕地嘆了口氣。

在那之後，我送絢奈回到了她家附近。

最初只是以放學後約會之名與絢奈到鬧區走走，卻因看到那兩人後，讓這場約會結束地不是那麼的愉快。

不過，分別的時候，絢奈已經恢復成平常的樣子了，所以也算是讓我放心了，但是……我還是第一次看到那樣的她。

「……那是到底是怎麼回事？」

當然，絢奈的事我也很在意，但更讓我在意的是，看到琴音和初音阿姨時，發生的奇怪現象。

彷彿只有我與周圍隔絕的感覺中，看見的那位戴著黑色兜帽的女性在腦中揮之不去。

然後，還有在我回過頭時，雖然那時絢奈出聲叫我而打斷了我的思緒，但是我確實看到了——相同裝扮的那名女性，也站在那兩個人墮落的畫面裡。

「把所有在意的事情都寫下來吧。說不定會有什麼線索。」

為了整理這個世界的資訊，再次把寫有主角修以及女角絢奈等人的資訊的筆記本，從桌子的抽屜裡拿出來。

「…………」

不只是放學後的事情，我也將學校裡發生的一切都寫進筆記本中。

我瀏覽著筆記本頁上所寫的文字，看起來完全就是一個奇怪的文章，讓我不禁噗哧地笑了出來。

「那句話……到底是怎麼回事呢？」

我像是在回想似的，複述那句耳熟的句子。

「逼迫他們……逼迫他們……折磨他們……折磨他們……」

逼迫和折磨，這兩個詞彙能聯想到的只有不好的含義。

我只是靜靜地複誦著那句話……一遍又一遍說著——然後，奇怪的事情發生了。

「……咦？」

就像在延續這句話一樣，握著筆的那隻手動了。

這是什麼？筆尖無視對此情景感到困惑不已的我，徑直地寫下了文字。

逼迫他們……逼迫他們……

折磨他們……折磨他們……

然後，在最後奪走最重要的東西……只要這麼做，他們就只能陷入絕望了吧？

手在無意識中編織出這樣的句子。

不知道這句話有什麼含義，也不知道為什麼會以文字的形式寫下這句話。

但是，我總覺得好像在哪聽過這句話。

我坐在椅子上一陣子，靜靜盯著自己所寫下的句子……儘管我對這句話感到似曾相識，但我仍然想不起任何事情。

「……該死！」

好焦躁，實在太讓人焦躁了。

即使如此，我還是坐著不動，在記憶裡繼續探索，還有什麼我還沒想起來。但大約過了十分鐘後，我已經無法再忍耐下去。

「啊啊啊啊啊啊啊啊啊！」

我不行了！無法想起任何事情。我放～～棄了！

像半扔出般的將筆記本闔上，走向客廳，打算喝點冷飲來讓腦子冷靜一下。

「哎呀，你怎麼啦？」

本以為媽媽已經回房間了，但她正悠閒地看著電視。

看到我突然出現、驚訝地睜大了眼睛的媽媽，敲了一下手就那樣走向冰箱並倒了一杯麥茶遞給我。

「來。你想要這個對吧？」

「啊，對……妳怎麼知道啊？」

「你是我兒子嘛。知道這點小事是理所當然的呀。」

這是理所當然的事情嗎……？

不管怎樣，總之媽媽幫我準備好了，於是我向她道了謝，然後一口氣把麥茶喝完。

「喝得真豪邁啊。」

「還行啦。」

「杯子給我。」

「不用啦這點小事。我自己來就好。」

實在不想連這種事都麻煩她，所以我立刻去洗了杯子。

在這期間，媽媽一直微笑看著我。

如果有什麼理由的話還好說，但像這樣被直盯著看的感覺實在讓人很在意，所以我停下手中的動作。

「怎樣啦？」

「呵呵，對不起啦。因為每次看，都覺得我兒子好帥呢。」

那是……因為是斗和所以當然帥了，我心裡苦笑著。

雖然已經成為斗和好幾天了，但到現在每次看著鏡子裡的自己，都還是覺得是個帥哥。

話雖如此，被稱讚很帥還是讓我感到開心。

「畢竟是媽媽的兒子，所以是當然的吧？因為我遺傳了美麗母親的血統啊。」

「……斗和啊啊啊啊啊啊啊啊啊啊！」

「咕噗！」

瞬間，媽媽以如風的速度抱住了我。

我努力承受住她飛撲過來的衝擊，幸好手裡拿著的杯子沒有掉下去，讓我鬆了一口氣。

「真是的，你就連性格都很帥！一直以來總是說一些能讓我高興的話！」

「有、有點難受……喂不要親我！」

「不是很好嗎！」

才不好呢，我輕輕地用手刀拍下去才總算是擺脫了媽媽。

她明顯地表現出不滿，將臉頰鼓起。我差點要提醒她考慮一下自己的年齡，但對女性來說年齡似乎是禁語，所以就沒說出口。

「那我回房間了。」

「知道了——斗和。」

「嗯？」

就在我要離開客廳的前一刻，媽媽叫住了我，我停下腳步。

「如果有什麼事都要跟我說喔！比如沒辦法跟絢奈說的事，無論什麼我都會聽你說、跟你商量的。」

「……嗯，謝謝。」

大概是吃晚餐的時候我卻還在想事情，被她看在眼裡吧。

媽媽是發自內心愛著斗和……愛著我，並且也擔心著我……她是最為支持我的人。

因為真的一直受到身旁的人的關照，我對於自己的境遇充滿感激。

我說斗和，你肯定也是這麼想的吧？

▽▼

「哎呀？總覺得斗和同學好像發生了什麼好事呢。」

躺在床上的我——音無絢奈，如此輕聲說道。

雖然並不是要假裝成超能力者，但不可思議的是，我總是能察覺到斗和同學的事情。

當然，或許什麼事都沒發生，只是長年以來都注視著他的我，直覺地捕捉到了斗和同學的喜悅情緒。

「……這樣果然有點噁心吧。」

不論我有多麼喜歡他，這樣還是很讓人不舒服吧，我這麼反省著。

現在我手中握著的是一張照片——是我和斗和同學笑容滿面的照片。

「……斗和同學♪」

啾的一聲，我親吻了照片上的斗和同學。

果然無論何時都是這樣——光是想起他的事，我就能感到如此雀躍，就會感到如此幸福……正因為如此，一旦感受到一丁點投向他的惡意，我的腦袋就會像是沸騰般的被憤怒給沖昏頭。

「嘖……」

因此，一想起放學後的事，就讓我不禁咋舌。

與斗和同學的約會是如此甜蜜的時間，彷彿回到午休時的那段令人珍愛的時光。

愉快、惹人憐愛、幸福的時光……而那些傢伙卻用她們的髒腳，踏進我和斗和同學的兩人世界裡。

「無法原諒……無法原諒無法原諒無法原諒無法原諒無法原諒無法原諒無法原諒！」

那些人沒有注意到我們……沒有注意到斗和同學。

儘管如此，當我看到斗和同學看著她們而表情扭曲時，我就想到了——果然，需要把那些人清除掉才行。

『妳回來得很晚呢。是和修一起玩嗎？』

我回到家時，媽媽這樣問我。但不論什麼事情都要和修連結在一起的媽媽使我厭煩。

從以前到現在，媽媽從未直接對斗和同學說過什麼過分的話。

即使如此，當她開始疏遠斗和同學、向我說斗和同學的壞話時，她也成了共犯。

「……稍微，呼吸一點外面的空氣吧。」

我從床上起身，走到陽台。

與我有些陰沉的心情截然不同，抬起頭來一片美麗的星空俯視著我。

我想，現在起我要做的事情……不，是我已經開始做的，絕對不是什麼美好的事情。與這麼美麗的星空形成鮮明的對比，我的內心沾染著汙穢。

「斗和同學……我和你──」

般配嗎……？

一想到這一點，我突然回過神來，我也無法停下腳步了，輕輕地拍了拍自己的雙頰。

「沒關係。如果是我……絕對能做得很好。」

要讓那些折磨斗和同學的傢伙們感到絕望……而且一定要以殘酷的方式。

之前也這麼想過，但斗和同學太溫柔了，絕對不能告訴他──正因如此，我要那些人能在不被察覺的情況下悄悄消失。

要改變的只有那些人……而只有我什麼都不會變。

因為只有我不論何時都陪在斗和同學的身邊……能夠陪在他身邊。

「真不可思議呢。為什麼我能認為一切都會順利進行呢？」

現在是播種的時候，而再過一陣子就會萌發出名為絕望的新芽。

雖然不知道是否能成功製造出多數普通人都想像不到的糟糕結果，但我卻莫名地覺得一定能成功。

一直都是如此，自從決定想要這麼做時，我就抱持著絕對能做到那件事的自信。

「逼迫他們……逼迫他們……折磨他們……折磨他們……」

把他們逼到絕境。折磨他們……並且還要帶給他們難以承受的絕望。

然後當我反省自己再次像這樣失去理智時，就收到了所愛的他傳來的訊息。

「斗和同學！」

我的思考迴路徹底切換，改變的程度大到就算被認為「剛才的音無絢奈去了哪？」也毫不奇怪。

「什麼事～～？找我有什麼事嗎～～？唔呵呵～～♪」

稍微……就只有稍微而已，我在想一件事，那就是當遇到關於斗和同學的事時，自己會不會太噁心了。

當然，在外面或者有別人在場時，我會控制住自己的表情。但當像這樣獨自一人時，我有信心能變得非常噁心。

『棉被被吹走了。』

「……？」

看到斗和同學傳來的訊息，我瞪大了眼睛。

「棉被……被吹走了？」

我讀出聲音，試著思考它的意思。

這是所謂典型的老派冷笑話，但是既然是斗和同學傳來的，應該會有某種涵義，我努力地思考著。

但令人悲傷的是，對於這個冷笑話，我的腦袋除了冷笑話想不出任何答案。

「不、不行！如果我沒有領會他的意圖，就不配作斗和同學的女人了！」

但是……但是但是但是但是！

完全想不通！我完全不知道斗和同學為什麼會突然傳來這樣的訊息啊啊啊啊啊啊啊啊啊！

「啊、啊啊，呃……在鋁罐上的橘子……」

是說，肯定不需要連我都回傳冷笑話吧……奇怪？難到他的用意就是這個嗎？

當我「嗯嗯嗯」地苦惱著該怎麼回覆時，斗和同學又傳了訊息過來。

『對不起。突然傳了奇怪的訊息，對不起。』

「不、不要道歉啊啊啊啊啊啊！」

斗和同學明明就不在我面前，但我還是忍不住用力搖頭。

『抱歉這麼突然。我本來也想說要去睡了……不知為何總覺得絢奈妳可能心情不太好。然後就傳了超冷的冷笑話，對不起，我的品味真是爛爆了啊。』

當知道了他傳來那則訊息的理由，我立刻又對斗和同學心動了。

「……呵呵！」

這麼突然傳來一個冷笑話，確實讓我有點難以判斷他的意圖。

但他是在擔心我……知道了他的目的，再加上我也正好想著斗和同學，所以讓我感到很開心。

因為這也讓我能發自內心覺得……我們之間果然有所連結。

「也許那件事情也讓斗和同學擔心了也說不定呢。」

今天，我第一次明確地對斗和同學說自己討厭修同學的家人。

因為斗和同學很溫柔，我想他要是知道，我討厭和自己很親近的修同學的家人，一定會擔心的，所以才一直沒有說出口。

不過，考慮到迄今為止的情況，他應該能立刻明白吧。即使如此，我一直都沒有主動告訴過他——但是，今天我覺得應該不用再忍著。

結果那個話題就這樣結束了，斗和同學應該也不會再問我吧。

所以，接下來就輪到我展開行動，把那些人弄得亂七八糟後就可以結束了。

「斗和同學。就快結束了……再過一段時間，就會結束了。」

不會再有會讓你受苦的人存在喔。

只要那麼做，斗和同學和我所期望的世界就會到來……啊～～♪那麼一來，就能每天和斗和同學親密相處。

只要這樣，無論在哪裡、在什麼時間都……唔呵呵♪

第2章

『討厭啊。從很久以前，我就打從心底討厭她們。』

這句話在我的腦海中不斷重播。

雖然絢奈面帶笑容這麼說，但這句話表達出的負面情緒與笑容相去甚遠。

原本，這個世界就是以修為中心，女角們逐漸離他而去的故事。

由於在故事開始之前大概還有一年的緩衝期，所以目前這個階段，還沒有發生任何與故事相關的特殊事件。

然而，正因為我以斗和的身分生活……正因為我窺見了他的記憶，才發現關於某個人的前置條件已經走樣了。

（……絢奈。）

沒錯，就是女主角絢奈。

當然對我而言，她的存在變得非常重要，因為從我玩遊戲時就已經很喜歡她了，現在無論是作為斗和還是作為原本的我自己，我都愛著絢奈。

對於已經發生關係的這件事……雖然斗和與她似乎原本就有親密關係了，但是和喜歡的人結合在一起本身就有特殊的意義。

（就是啊……在這個時候，所有的一切都走樣了。）

當知道我和絢奈之間有著親密關係，而絢奈對修有特殊情感……換句話說，在她並不喜歡他的時候，就已經脫離我所知道的路線了。

只要修和絢奈之間的關係再向前邁進一步，故事就會揭開序幕，但也是從那個時刻開始，所有的齒輪都會失常，最終導向那個局面——修目睹了斗和與絢奈發生關係，並以絕望的方式迎來故事結局。

（暫時先撇除我的存在吧。首先，斗和與絢奈本來就有親密關係。基於這一點，就無法想像絢奈會接受修的告白……因為她是如此深愛著斗和。）

在這個時間點，我已經無法想像事情會按照原作的路線發展。

假設是以ＮＴＲ類型遊戲中常見的角色設定來看，雖然有的角色會被描繪成極致的爛人，但我無論如何都無法想像，一直在身旁的她會採取那樣的行動。

雖然也因為情人眼裡出西施，但她真的是一個非常溫柔的女孩。

媽媽也曾說過，絢奈似乎確實有一些煩惱，但我實在不認為會是那麼邪惡的事物。

（……要不，我乾脆稍微深入一點試探看看。）

就在這麼想著的同時，我正好抵達了學校。

平常的話，我都會和修跟絢奈一起上學，但因為今天我難得起得比較晚，所以讓他們兩人先去學校了。

事實上，昨天睡前我也在想著同樣的事。所以估計超過半夜兩點我才入睡。

雖然絢奈傳來訊息，擔心我是不是發生了什麼事。我回她說只是單純睡過頭，她回了一個既可愛又傻眼的貼圖，作為早上的療癒來說已經非常足夠。

「嗯？」

當我在鞋櫃前換鞋子時，恰好看到伊織和真理正在更換學校玄關前布告欄的紙張。

身為學生會會長的伊織沒什麼好說，但和學生會無關的真理和伊織一起工作的奇特光景讓我忍不住盯著她們看。不過，那兩個人本來就互相認識，我想這也不是什麼奇怪的事情吧，我自己默默同意。

正當我這麼看著時，她們兩人正好轉向我這裡。

真理露出燦爛的笑容向我揮手，伊織看到那樣的真理，一邊微微苦笑著也向我揮手。

「……如果這時候我只是稍微揮手回應就走掉，不知道會不會被說些什麼？」

忍不住在心裡這麼想著，於是我走向了她們。

「早安，雪代同學。」

「早安！雪代學長！」

伊織的聲音很輕，但真理的聲音相當大聲。

雖然她的聲音在走廊迴盪，但早上的走廊基本上都很吵雜，所以她的聲音也融入其中，沒有引起別人的注意。

「會長就不用說了，真理妳在忙什麼啊？」

「啊，那個嘛……」

真理回答了我的問題。

原本是伊織一個人在更換張貼的紙張，但剛到校的真理正好看到這個情況，於是決定幫忙。

「我有跟她說過其實不用的喔。」

「有什麼關係。說到底，本条學姊什麼事都太過獨自埋頭苦幹了啦。」

「因為一個人就能完成嘛。」

哎呀……氣氛似乎變得有點奇怪喔？

「既然如此，那妳應該不用讓修學長來幫忙吧？」

「哎呀，那也沒關係吧？說到底，內田同學也沒資格對我說三道四吧？」

「……唔～～！」

「呵呵♪」
看來這下子，圍繞在修周圍，女人之間的戰爭已經開始了。
不過，如果不考慮原作故事單純看這個場景，倒是覺得非常奇妙或說是令人想笑。
真理由於社團活動很忙，沒有太多時間，而伊織相對因為沒有參加社團活動，可以最大限度地製造和修共度的時光……由於在我的記憶中，只存在她們倆都沒有反抗魔掌的脅迫就墮落的描寫，因此雖然我的立場可能有點微妙，但看著她們這樣子真的讓我感到很愉快。
（這麼一來，我不就完全只是個遊戲粉絲了嗎？）
當我在內心苦笑的同時，事情繼續發展了。
「那麼我也來幫忙吧。因為今天我的社團活動休息！」
「哎呀是嗎？那就麻煩妳了呢。」
不論她們剛才如何爭執，最終在意見上還是達成了共識。兩人雖然是情敵，但本身就滿投緣的吧。
從外表上來看，難免有種較小的真理被較年長的伊織攏絡的感覺，但這樣的關係也並不壞。
「我說雪代同學。」
「什麼事？」

伊織中斷了與真理的交談，將目光轉向了我。

「我想看看包含修同學，還有你和音無同學在一起的樣子。如果可以的話，放學後你能幫我一些事情嗎？」

「幫忙……嗎？」

她所說的幫忙，我能解讀成平常她拜託修幫忙的事情吧？

雖然我有點好奇其他學生會的成員是怎麼了，但感覺他們是一些人數較少的菁英，可能在忙別的工作而人手不足吧？

「並不是說我們人手不足喔。我找修同學來單純只是想製造和他共度的時間，而邀請雪代同學你們只是出於興趣而已。」

「原來如此……」

看起來不是人手不足的問題，伊織只是出於個人興趣罷了。

真理似乎有些被伊織忠於欲望的發言所震懾，但她充滿幹勁，決心今天一定也要幫忙。

對我來說只是幫忙而已，沒什麼大不了的，但是既然提到了絢奈的名字，我也不能擅自答應。

「我會去問問絢奈的。如果她有事的話就沒辦法了。」

「謝謝。我很期待喔。」

說很期待，豈不是意味著已經確定我們會去了嗎……？

「不過這樣一來，我也能久違地和絢奈學姊好好聊聊了呢♪」

看到真理開心地微笑，讓我不禁很想邀絢奈來。

這個尚未確認的約定就暫時擱置，我和兩個人告別後，走向教室。

「斗和同學。」

「斗和。」

剛進教室，在門口附近交談的絢奈和修叫住了我。

因為我和絢奈有保持聯絡，所以修應該也知道我睡過頭的事。然而，與我直接連繫的絢奈卻靜靜地審視我的全身，好像在確認我是否真的沒事一樣。

「真難得耶。斗和居然會睡過頭。」

「因為我昨晚熬到很晚才睡啊。果然還是不該熬夜的。」

我說著走向我的座位，兩人理所當然似的跟著我。

你們是小雞嗎？我在內心苦笑著，然後告訴他們剛才的對話。

「剛才，我在玄關遇到了會長和真理——」

我說了伊織拜託我們下課後幫忙的事情，也轉達了真理想和絢奈聊天之類的事，修並沒有特別拒絕，絢奈感覺也滿樂意的。

「我沒問題喔。我也想親眼看看修同學和本条學姊跟真理的感情到底變得多好了♪」

「為、為什麼會變成這樣啊……」

「……哈哈！」

絢奈和修的互動……就如同一般的青梅竹馬一樣。

光是看到這樣的景象，就讓我回想起遊戲中幸福的兩人，彷彿沒有想到玩遊戲時會發生那種悲劇似的祥和。

然而我和絢奈有著親密關係是不爭的事實，而在這一點上，我就已經算是背叛了修。

『我希望你支持我和絢奈。』

過去他在病房中對我說過的這句話在我腦中響起。

「我才不會把她交給你」、「絢奈是只屬於我的女生」這樣的情感混入其中，變得一片烏黑。但是和絢奈之間的關係讓我對修產生了優越感，也令我的心情平靜下來……這真是讓人困擾的情緒啊。

「斗和同學？」

「唔……怎麼了？」

看來我又稍微陷入了沉思。

回過神來，修已經不在旁邊，絢奈則一臉擔心地看著我。

「修呢？」

「他去廁所。」

「這樣啊。」

「……真的沒發生什麼事嗎？」

「真的什麼都沒有喔。」

我這樣回答後，絢奈將手掌按在我的額頭。

她繼續凝視著我，不放過任何細微的變化，我對她苦笑並握住她的手，告訴她我真的沒問題，也沒發生任何事。

「就說真的沒事了。就跟我起床時跟妳說的一樣。」

「但是……昨天，你突然傳了那種冷笑話給我喔？」

「……拜託別再提那個了。」

那只是一時心血來潮。不知為何，我突然有點擔心絢奈，所以才傳了那樣唐突的笑話。當然棉被被吹走了這個冷笑話，實在是毫無品味。我已經深刻反省過了，希望能被原諒。

「呵呵♪因為感覺實在難以想像平常的斗和同學居然會傳這種訊息，所以讓我很驚訝，不過很開心知道你在擔心我喔。」

「……是嗎。」

「是的。因為我也正好在想著斗和同學。畢竟還發生了傍晚的那件事。」

「總覺得啊……我們之間，簡直就好像有某種連結一樣呢。」

這是一句說出口會讓人有點不好意思的話。

就算我們和彼此之間有一定的距離，但心意似乎在某處是相通的……昨晚我就有這樣的感覺，因此不小心說溜嘴了。

絢奈睜大了眼睛，剛以為她是不是嚇傻了，結果她就掩著嘴噗哧笑了出來。

用柔和的目光注視著我時，讓我陷入被她的溫柔所包圍的錯覺之中。

這彷彿是一種曾經感受過的感覺——就像是在告訴我不要去思考任何困難的問題。

「我也是這樣想的呢。我們是相互連結的……昨天我也是那麼想的♪」

當我看著絢奈的笑容，周圍的聲音瞬間消失了。

假如用浪漫的方式來說，我已經不知道被她的笑容給迷倒幾次了。

被她迷倒了……沒錯。我真心為她著迷。

雖然我並不是真的認為此刻在這個世界上只有我和絢奈，但我還是向她伸出了手。

絢奈看著我伸出的手，笑得更開心了，輕輕地呼喊著我的名字：

「斗和同學。」

『斗和同學。』

然而，我卻聽到了兩個聲音。

頓時我忍不住非常想揉眼睛——因為在我眼前，看起來就好像有兩個絢奈一樣。

除了帶著笑容看著我的絢奈以外，還有另一個絢奈，露出脆弱、隨時都要消失的微笑……那個絢奈立刻消失了，當周遭的聲音恢復時，眼前只有一個絢奈。

「怎麼了嗎？」

「……沒事。」

又來了……就像當初看到那個穿著黑色兜帽外套的女性時一樣的感覺。

當時也是這樣，每當我經歷這種奇妙的現象時，我應該都露出了會讓絢奈覺得奇怪的表情吧。

（我很清楚這樣明顯不正常。我知道啊……可是，像這樣突然看到奇怪的景象，肯定會不小心表現在臉上的啊。）

每次都讓絢奈擔心實在覺得很對不起她，但是我也不知道該如何向她解釋。

不如說……不對，如果絢奈的話，她會專心聽我說並且相信我吧。

那樣的話就索性告訴她……嗎？

「很吵喔～～快回座位～～」

「啊……斗和同學，等等再說。」

因為導師來了，絢奈也回到了座位。

再過一下修也回來了，不過因為上課鐘也還沒響，所以老師並沒有說什麼，過沒多久朝會就開始了。

「週末有全體朝會。然後──」

一邊聽老師說話，我一邊瀏覽著那本筆記本。

筆記本中，不只是關於這個世界的設定，也記錄了我身邊所發生的所有不可思議現象。

「……好，這樣就可以了。」

我新記錄下的是剛才所見的景象。

笑著的絢奈和露出稍縱即逝微笑的絢奈……也有可能是我看錯了，雖然不想和至今為止發生的事放在一起想，但也不能排除是我自己出了問題的可能性。

在那之後，一轉眼就到了午休。

下課時，每當絢奈擔心地走近我，我都告訴她我沒事，到最後她總算是接受了，勉強讓她安心了一些。

「話說回來，沒想到斗和跟絢奈都會來幫忙呢。」

「對不起。好像會打擾到你和本条學姊相處的時間。」

「不，所以說不是那樣的……我——」

「啊，你的嘴角有飯粒喔～～？」

絢奈把沾在修嘴角的飯粒拿掉。

修很明顯紅了臉，呆呆地看著絢奈，而絢奈只是輕笑著，沒有進一步的舉動。

如果只單看這一幕的話，彷彿是我所熟悉的遊戲畫面一樣。

對於那樣的互動，發自內心浮現笑容的修，和清楚知道他紅透雙頰的心情，而露出微笑的絢奈……但，我果然還是能感覺到有些演技。

彷彿故意展現出自己好的一面，想讓對方為自己著迷似的……果然是想太多了吧。

「斗和同學？你一直盯著我看是有什麼事嗎？」

「咦？啊～～不，抱歉，我在想著一些事——」

「呵呵，你該不會是……看我看呆了吧？」

她微笑著這麼說道。

微笑的表情和先前對修微笑的樣子沒有什麼區別，但我並沒有像修那樣感到害羞，而是直接說出了自己的想法。

「與其說是看呆，不如說我已經徹底著迷於絢奈的魅力了喔。」

「啊……」

好像有點太浮誇……天啊，我的背好癢！

雖然對自己說出的話感到後悔，但這番話似乎也起了一定的效果，絢奈先是瞪大眼睛，然後立刻臉紅低下頭。

她的模樣實在可愛得無以復加，但對修來說，似乎非常沒意思。

「我也一直都是這麼想的喔，絢奈！絢奈無論何時都很可愛！」

「啊，是的。謝謝你。」

修這番充滿勇氣的發言，似乎依然沒有打動絢奈。

我現在所感受到的是——忠於遊戲設定的修，以及與修完全相反，總覺得態度有些冷漠的絢奈……雖然之前就曾經因為她對修投以的冷淡目光而產生疑問，等一下再把這件事記在筆記本上吧。

在那之後，吃完了午餐，我們三個人也繼續待在一起。

不過當絢奈的朋友經過時，勾著她的手把她帶走了，所以剩下我和修，兩人間也漸漸地沒有交談。

「……我說斗和。」

「怎麼了？」

雖說沒有交談，但氣氛也並不尷尬，就和去對方家裡打電動或看漫畫時安靜地度過沒什麼不同。

當我看向修時，他靜靜盯著我，然後繼續說：

「斗和你……是支持我和絢奈的吧？」

「…………」

我稍微沉默了一下。

對於修所說的話，我有很多想說的，心中的優越感和憤怒交雜在一起刺激著我。

但奇怪的是，這股熱度很快就冷卻下來，口中的話就像事先準備好一樣流暢地說出來：

「這個嘛。如果修你一直拖拖拉拉的話，我搞不好就要搶過來嘍？」

「唔……絕對不可以！」

說什麼不可以，這傢伙是以什麼立場這麼說的啊。

接著鐘聲立刻響起了，修回到自己的座位為下一堂課做準備，我則是拿出那本筆記本，開始做筆記。

在做筆記時，我一邊讀著自己所寫的內容，思考一些事情。

（究竟，我自己的意志在哪裡呢……）

只要自己行動起來就可以了，明明只要按照我想的去做就行了，我卻一直遊移不定。

當我剛意識到自己存在於這個世界時，強烈地打算不要照著遊戲劇情走，而是要讓修和

絢奈在一起。

結果，我很快就像是被感受到的異樣感與遭遇的狀況牽著鼻子走，並渴求絢奈……背著修，與她享受著甜蜜的時光。

（我想和絢奈在一起，我想要保護她……這種想法來自於我身為斗和所擁有的記憶，以及與絢奈相處時所感受到的一切。我不能把絢奈交給修，也不想交給他。）

如果我索性只是一個什麼也不想、一味地玩遊戲的玩家，那該有多麼輕鬆啊。

不能變那樣，不能變這樣，就算我像這樣多方考慮，最終掌握行動的還是我自己，我的行動會導致什麼後果也是我的責任。根據我的行為，絢奈和修也都不知道會受到什麼影響。

因為她們擁有自己的意志——並不是被撰寫出來的程式，而是活生生的人類。

「……唉～～」

不要嘆氣，幸福是會隨著你嘆的氣溜走的。不知道這句話是誰說的呢？

不過，認真想想，自從我以斗和的身分確實地醒來後，也才過了大約一週的時間——這麼一想，這一週內我整理了目前知曉的事實和腦中滿載的資訊，並還能像這樣保持著冷靜，老實說是真的很值得稱讚吧。

當然，我並不是對所有事情都非常冷靜，但最大的原因，果然還是因為我的靈魂本身相當適應斗和的身體。

「……呼啊～～」

放鬆下來或許會有點不妙嗎，但我已經忍不住打了一個大大的哈欠。

現在是古典文學課，由一位女老師負責，我的大哈欠正好被她逮個正著。

「雪代同學？就這麼無聊是嗎。」

「……不，對不起。」

「下次要注意喔？你平時上課態度都很好，所以這次我就不追究了，但下次我可是會生氣的喔。」

「是。」

老師的話語和周圍的竊笑讓我忍不住搔了搔頭。

掃了一眼周圍，座位離我有些遠的絢奈和修，就連相坂也在笑著，真是太糗了……這就是恨不得想找個地洞鑽的感覺吧。

▽▼

雖然發生了在上課時大打哈欠而被老師警告的突發事件，但之後就沒有任何特別的狀況。

也沒有看到讓人擔心的奇怪景象，我努力抵抗睡意度過了上課時間，然後時間就來到了答應要去學生會幫忙的放學後。

「打擾了。」

以修為首，我們三人來到了學生會教室。

這是我第二次來學生會教室，但完全沒想到我們會全員聚在這裡。

「歡迎你們三位。」

「修學長！絢奈學姊還有雪代學長，你們好！」

「是的。妳們兩位也好。」

伊織和真理已經坐在椅子上工作，修則很自然地在她們旁邊坐了下來。

「音無同學和雪代同學，也請你們選個喜歡的位子坐下吧。」

聽到她這麼說，我和絢奈於是坐在一起。

修就不用說了，真理好像也來幫忙過好幾次，絢奈似乎也在把修介紹給伊織的時候有過幫忙的經驗。

換句話說，唯一什麼都不知道的人就只有我了。

「就由我來教斗和同學吧。工作內容和以前差不多對吧？」

「對。雪代同學，雖然是請你來幫忙，但可以放輕鬆喔。這次是因為我想和大家一起共度熱鬧的時光才找你們來的。」

「了解了。」

然後，絢奈開始教我工作的內容。

不過正如伊織所說，這稱不上是什麼困難的工作，主要只是整理印刷品和檢查是否有錯誤的地方這種程度而已。

「這個……嗯。看來應該沒問題……這一份——」

絢奈在旁邊俐落地整理著印刷品。

而修和真理也因為熟練而動作迅速，理所當然的，我在這群人當中動作最慢，但如伊織所說，我不慌不忙地一一完成自己的工作。

「是說，這樣五個人聚在一起，真是熱鬧啊。」

「是啊！因為修學長也在，真的很開心！」

「慢、慢著！真理？」

真理停下手邊的工作，朝修飛撲而去。

修雖然對於突發的肢體接觸嚇了一跳，但以他冷靜的模樣看來，這樣的事情可能已經發生過好幾次了。

「哎呀哎呀，感情真好呢～～」

「是啊！我和修學長感情很好！」

「妳不要在我耳邊大喊啦，真理。」

「對不起！」

「所以說……！」

雖然我覺得有點吵……但在輕鬆地處理印刷品時，這種聲音也算成為了不錯的背景樂。

此時伊織也加入其中，氣氛更加熱鬧了起來，感受著歡樂的氣氛並沒有讓我感到不適，不知不覺間停下手中的工作，看著嬉鬧的三個人。

（……該怎麼說呢？真是美好的景象啊。）

對著慌張的修，伊織和真理各自用肢體接觸來拉近和他的距離，她們的模樣……對，就是那個。

不是情色遊戲，而是在常見的戀愛喜劇中會看見的情景。

「妳靠太近了啦！」

「哎呀，妳有資格說這句話嗎？」

「所以說妳們兩個！不要把我夾在中間鬥嘴！」

修儘管嘴裡這麼拒絕，卻露出樂不可支的賊笑，也算是個不折不扣的男人。

我看向旁邊，絢奈的視線也投向三人的互動，雖然因為瀏海的關係看不到她的眼睛，但從她停下手中的工作，就可以看出她直盯著他們看。

「平常都是那麼熱鬧嗎？」

「咦？啊～是的。看來……他們的關係比我想像中還要好得多，真是令人欣慰。」

我聽說伊織和真理都是經由絢奈介紹給修的。

我也原本就知道修的性格本來不是這麼開朗，所以他能夠變成這樣，無疑是伊織和真理的存在帶給他很大的影響。

要是絢奈連這一點都考慮到的話，我相信不論是誰，都會覺得她是個多麼為青梅竹馬著想的體貼女孩。

「呵呵，真是太好了。真的變得那麼要好了。」

「…………」

她的微笑實在太美了，我不由自主地凝視著她。

看得入迷當然也是一部分，但此外還有一種感覺……這種異樣的感覺到底是什麼？

「……絢奈。」

「是？」

妳現在，是真的在笑嗎？

正當我要這麼問她的時候，真理從絢奈的背後抱住她，絢奈發出了一聲小小的慘叫，使得這個問題變得不了了之。

知道現在不是個好時機，而且我隨時都可以找到和絢奈獨處的時間，所以我暫時打消問這個問題的念頭。

「絢奈學姊！我要如何才能成為像絢奈學姊或本条學姊一樣身材好的女性呢！」

「身材好的女性……嗎？」

「是的！畢竟……對於誘惑男性來說，胸部大一點肯定是擁有壓倒性優勢的吧？」

「真理，首先請告訴我為什麼妳會開始在意這種事。」

突然開啟女生之間的對話，我於是移開了視線，轉而看向伊織。

在修身邊的她賊賊地笑著，我立刻明白到，她以自己的好身材來取笑真理。

看來絢奈也察覺到這件事，輕輕地嘆了口氣。

「真理，女性的魅力不僅僅只有身材。重要的是內涵，以及為對方著想的心意吧。」

「為對方著想的心意……嗎？」

「正是如此。而且，對於本条學姊說的話，妳最好不要全都相信會比較好。我這麼說是為了真理妳好喔。」

「等一下音無同學，妳有點說得太過了吧？」

這時，伊織也加入了兩人的對話。

已經完全被拋在一旁的我和修也束手無策，此時這些女生們的對話內容，對於我們男生來說真的很難參與其中。

我輕輕地移動椅子，拉開了一點距離，重新開始整理印刷品。

「斗和，你那邊進展如何？」

「很順利。大致上都習慣了。」

修那邊的印刷品數量也減少了很多，我們兩人的工作都快要完成了。

看著絢奈、伊織和真理三人一起喧譁嬉鬧著，心裡難免會想問妳們到底有沒有在工作啊，不過……這樣看著她們玩鬧也不壞。

「……哈哈！」

看著她們，我自然而然地笑了出來。

三個美少女相處愉快的身影能保養眼睛就不用說了……比起這一點，最讓我印象深刻的是，絢奈被另外兩人圍繞著看起來開心不已的模樣。

「看起來好開心啊。」

「是啊……好了，我們一起努力完成那三個人的工作吧。」

「了解。」

那麼，我們就盡可能地處理掉剩下的工作吧。

然而……在幾分鐘後，我和修互相使眼色，不知道該由誰去吐槽她們。

「喂，妳們兩個，這樣很癢耶！」

「有什麼關係，一下下而已……哦～～好柔軟。」

「感覺好奇妙呢。像這樣摸別人的胸部……」

她們之間展開了這種對話。

以位置上來說，這個互動是在我背後進行的，坐在我對面的修，只要視線稍微抬高一點就可以看到三個人的互動。

「唔……！……唔？」

從剛才開始，他就不斷地偷瞄她們然後又臉紅，完全是個舉止可疑的人，簡直像是故意在逗我笑似的。

但是……也是啊，這情況我也很在意呢。

我閉上眼睛，專注地感受身後的情況。

似乎覺得很癢的絢奈的聲音，伊織和真理開心的聲音，手在衣服上滑動發出的聲響，以及移動時產生的腳步聲……根據我過去玩過眾多的戀愛遊戲和少數的情色遊戲，這些畫面信手拈來似的在我腦中浮現。

「斗和？你的表情很不得了耶……」

「具體來說是怎樣？」

「就像變得不再是往常的帥哥那樣。」

「哎呀，那可不妙。」

我用力地拍了自己的雙頰，提醒自己維持住冷靜的表情。

儘管後面持續傳來讓人很想轉過頭看的喧鬧聲，但我把那當作療癒的背景樂，全神貫注地工作著。

老實說，我一直覺得這樣的事情很麻煩。

但是像這樣幫助別人也不是壞事，更重要的是，看到絢奈開心的樣子對我來說就是一種幸福的時光。

（……啊，這樣啊。確實是這樣呢。）

此時，有一種彷彿一塊拼圖完美嵌入的感覺。

在這個世界被絢奈所吸引，期望與她在一起，思考在這樣的情況下自己能做些什麼。

然而最終，唯一確定的是我被情勢給牽著鼻子走。

不過果然，現在構成我的根基的，還是希望絢奈能夠笑著的這個期望。

唯有這一點始終沒有改變，只是回到了一開始的想法而已。

（但是這樣不是也不錯嗎。我要守護絢奈……為了這個目的——）

我回頭望去。

當然，現在已經沒有美少女們互相調情的場面了……說調情好像有點不太對。讓人忍不住露出好色表情的畫面已經不再，三個人只是單純地在聊天而已，不過，絢奈確實是笑著的。

不僅是絢奈，伊織和真理也都發自內心地展露笑容。

（真想要守護……這個景象啊——琴音或初音阿姨老實說有點難，但要是絢奈知道這兩人將遭遇不幸的未來，肯定也會感到悲傷吧。）

當然我已經說了很多次，對我來說，這個世界已經是真實存在的現實了。

雖然未必會按照我的記憶發展，有時也會出現脫離現實的幻覺，也確實會聽到一些不可思議的聲音……不過，就把這一切都看作有某種意義吧。

「唔……」

當我想到這裡的時候，又輕輕按住了頭。

眼前的景象產生轉變，在我的腦中浮現了兩個場景——伊織和真理被男人玷汙並墮落的場景。

（又是……妳嗎？）

而站在一旁，披著黑色兜帽的那個不知道是誰的存在，在我腦中一閃而過。

所看到的景色馬上又回到原本的樣子，而我也只是輕輕按住頭，並沒有讓其他人擔心。

點了點頭想著也要把這個記下來，並且反而覺得這樣也好。

雖然我還不知道出現的這些諸多畫面有什麼意義，但直覺告訴我，它們或許會促使我想起更多記憶。

「斗和同學？」

「嗯～～？」

「你是不是不太高興啊？」

「沒有啦。反而感覺心情不錯呢。」

「咦？是這樣嗎？」

「是啊。」

沒錯，若要說的話，我的心情不錯。

肯定是因為能在心中重新定義了自己想做的事。

▼▽

「會長，讓我來吧。」

「那麼，就麻煩你好嗎？」

雖然很突然，就連斗和也加入了幫忙伊織學姊的行列，現在工作即將接近尾聲。

對於我──佐佐木修來說，幫忙伊織學姊幾乎已經成了日常的一部分，但對斗和而言，這是他的第一次，所以似乎還有很多地方不太習慣。

（但是斗和真厲害啊……最後什麼都能做到。）

斗和就只有在一開始陷入苦戰。

當然，伊織學姊分派給斗和的工作都相當簡單，那些全都是我剛認識伊織學姊時所做的工作。

那個時候的我……可以說很糟，好幾天都在拚命地向伊織學姊邊問邊學。

（明明如此……但斗和現在已經全部都會做了啊。）

連我花了幾天才習慣的工作，斗和在短短的時間內就學會了。

甚至已經開始主動找工作來做，進一步開始整理資料之類的，現在也和伊織學姊並肩工作著。

「…………」

他來幫忙我覺得很開心，更重要的是……光是有絢奈在我身邊就很開心了。

但是……但是！

還是很討厭我和斗和之間，不斷顯現出來的能力差距。

那就像是隱約在告訴我「無論我做到什麼地步都無法贏過他」似的，讓我的心情逐漸低落。

而且最重要的是……連絢奈都在稱讚斗和。

「斗和同學真的什麼都做得到呢。好棒♪」

為什麼啊……「我不是也有在努力嗎？」」，我很想這麼大聲說出來。

我說絢奈，現在在你身邊的不就是我嗎！為什麼妳不看看坐在旁邊的我，只是一個勁地看著斗和啊！

到了就連我都想說自己很醜陋的程度，嫉妒心不斷膨脹。

「我也很努力」、「也讚美我啊」——我很想這麼說，但這樣的想法更是讓我覺得羞恥又難堪……這點程度的事我也是有想到的。

（……而且……而且！）

在這種情況下，想起午休時的事情。

以前在病房裡，我曾經告訴斗和，希望他支持我和絢奈……那時斗和雖然沒有回答，但他輕輕地點了點頭。然而……

『這個嘛。如果修你一直拖拖拉拉的話，我搞不好就要搶過來嘍？』

五官端正的他露出了挑釁的表情，身為帥哥的斗和，露出那樣的表情果然很適合他啊。

帥哥真是狡猾……尤其是斗和，真的很狡猾。

不同於我，他什麼都做得很好，擁有一切……被很多人喜歡……他真的擁有很多我所沒有的東西。

「修同學。」

「唔……絢奈？」

由於我一直在比較自己和斗和，手停了下來。

絢奈用奇怪的眼神看著我，「我自己有在好好工作」……雖然無法說出我想被如此稱讚，但就像是想傳達我有在努力一樣地拚命繼續完成工作。

「修同學。這裡有錯喔？」

「咦？」

「位數錯了。還有，這個地方差了一欄。」

「…………」

絢奈指出來，我才注意到。

一邊想事情一邊工作的話，任何人都有可能會粗心犯錯，所以我也知道必須留意。

儘管我不是正式的學生會成員，但伊織學姊請我幫忙，所以我得要振作點才行！

「呼……好！」

啪的一聲，我像斗和之前那樣拍了一下自己的臉頰。

清脆的聲音響起，臉頰痛到可能微微發紅的程度，但多虧這一下，讓我鼓足幹勁了！

「修學長好有氣勢啊……！」

「呵呵，有幹勁是好事呢。請加油喔，修同學。」

當絢奈對我說加油，我就無法不加油了。

一心想要被稱讚，以及想要幫上別人的心情，再加上不想輸給斗和的競爭意識，驅使著我開始繼續工作。

「如果有什麼事就告訴我喔？我什麼都會幫忙的。」

絢奈湊近看著我的臉這麼說，但我搖了搖頭。

什麼都可以嗎？真的嗎？我腦中閃過這些我從網路上學來的話語，但我自詡為一個珍惜絢奈的男人……所以絕對不會對她提出奇怪的要求。

「沒關係。我一個人可以搞定的。」

「哇～～……修學長好帥啊！」

雖然我沒有要刻意裝帥……但是聽到真理這麼說，還是不由得感到開心。

絢奈對於我的回答驚訝地睜大了眼睛，我歪過頭不知道有什麼讓她如此驚訝的地方。

「怎麼了？」

「……不，什麼都沒有。只是有點驚訝而已。」

「驚訝什麼？」

「我想說修同學一定會立刻要我幫忙的。沒想到你會那樣自信滿滿地拒絕我……」

「……我只是稍微想展現帥氣的一面而已。」

「咦？」

「沒什麼！」

儘管有些抱歉喊得那麼大聲，但我還是專心於工作。

……是不是有點裝得太過了？會不會覺得我很奇怪呢……我這麼想著，同時偷偷地瞄向斗和與伊織學姊。

「沒錯。那邊那樣做是對的喔。」

「太好了。」

「接下來的文件是……那個。你會嗎？」

「妳看好了啊。」

「真可靠呢。」

他們的對話是多麼合拍。

雖然常聽說伊織學姊因為她冷靜的外表和說話方式而給人冷冰冰的印象，但果然她一點也不冷淡，是個非常溫柔的人。

……只是看到她和斗和的關係那麼好，有點不是滋味。

「……呵呵！」

絢奈在旁邊看著他們笑了起來。

當然即使只看到她的側臉，也有相當的破壞力了，絢奈果然還是像這樣笑著的表情最棒了。

正當我盯著她看的時候，絢奈朝我這邊轉了過來。

我對歪著頭的她說了這樣的話：

「那個……今天的絢奈比平常還常笑呢。」

「是嗎？」

「嗯。或許也因為斗和在的關係，但妳跟伊織學姊她們聊天的時候看起來非常開心。」

「…………」

「咦……？我說了奇怪的話嗎？」

對於我說的話，絢奈顯得比剛才更加驚訝了。

她茫然地將視線從我身上移開，剛轉向斗和與伊織學姊，就注視著坐在旁邊的真理。

「絢奈學姊？」

「……沒……沒事。」

這麼說著的她低下了頭，樣子明顯地有些不對勁。

當我想再問她怎麼了的時候，他比我更快採取了行動。

「絢奈，怎麼了？」

「……斗和同學。」

是斗和。

他明明直到剛才還在和伊織學姊聊天，當絢奈有危機的時候，他就像是英雄趕到絢奈身邊一樣自然地搭話。

「妳還好嗎？」

「啊，是的……那個，稍微恍神了一下。」

斗和一副像在擔心的樣子觀察絢奈的臉……就連同性別的我都覺得他的表情帥到讓人心跳加速。

但同時之間，「明明我也有注意到」……這樣的嫉妒心又湧上心頭。

伊織學姊和真理都注視著斗和的模樣，此刻占據主導地位的人是斗和。

「我真的沒事啦。而且斗和你最近也常常出神，搞不好我是受到你的影響也說不定。」

「那……還真是不好的影響呢。」

是在說什麼……？

那似乎是只有咯咯笑的絢奈與困擾地笑著的斗和才知道的事，讓我感覺被排擠在外。

即使這麼想，即使難堪我也沒點出這件事。然後在最後我們加緊進度完成了工作，在整理完畢時，大家看起來都很滿意……不知道為什麼，我也覺得比平常更有成就感。

「今天不僅僅是工作，還能和音無同學與雪代同學聊天，真是太好了。」

「就是說啊。畢竟我平常都有社團活動，很難得有這樣的機會，真的很開心！」

伊織學姊和真理似乎也很滿足，真是太好了。

因為工作結束，就會準備解散，但伊織學姊和真理卻拉著我，使我無路可退，只能一邊向斗和跟絢奈揮手告別，一邊目送他們離開。

「話說回來，修同學？你今天到最後都很努力呢。」

「啊……嗯，是的。」

「就是說啊！修學長太厲害了！」

「啊哈哈……謝謝妳們兩位。」

我有展現出帥氣的一面給絢奈看……吧？

雖然很在意這一點，但是像這樣被伊織學姊和真理稱讚我很厲害，心情真的很愉快……

而且兩個人緊緊抱著我的手臂，傳遞而來的柔軟觸感，也讓我感到非常舒服。

（但是……）

就算在這種情況下，我還是很在意絢奈當時的那個驚訝表情。

從來沒見過她那種表情……她那個時候，到底在想什麼呢？

第3章

「……哦～～原來還有這種設定啊。」

天已經黑了，直面著書桌的男性如此低語著。

他的視線前方擺放著電腦螢幕，畫面中顯示的是某個網頁。

那是關於十八禁情色電腦遊戲《我被奪走了一切》的網站，從遊戲的考察到開發者的評論都彙整其中。

「確實是風靡一時的遊戲啊。如果只是單純玩過的話，還是會有很多不懂的地方，有這樣的整理真是太感謝啦。」

《我被奪走了一切》本篇與遊戲外傳的包裝盒被一起放在了桌子上，因為是一個人住，所以才可以像這樣把這種遊戲大剌剌地擺在外面。

「……什麼、什麼？」

在那之後經過了數十分鐘，男性不斷瀏覽閱讀那個網站。

他從中重新得知的事情是，實際上斗和並沒有被安排和絢奈以外的事件。

雖然關於這一點，只要玩過遊戲就會知道，不過開發者的評論如下：

『由於遊戲外傳是以絢奈的視角為出發點的故事，所以她和斗和的互動非常多。然而在我們的想法中，斗和也確實只和絢奈有所互動。雖然他也有關係很好的朋友們，但是那並不包含伊織或真理這些女角。因為要是和她們感情變好的話，絢奈也會對於自己的行為產生遲疑吧。』

男性認同地點了點頭。

本篇就先不提，外傳遊戲是以絢奈的視角出發的故事，所以非常詳細地描寫了斗和的事情。

揭開了兩人的過去，雖然對修的妹妹琴音與母親初音實在難以酌情處理，但是關於被捲入絢奈復仇而遭受牽連的伊織和真理，老實說，只覺得她們很令人同情。

同情……不，是可憐。

「正因為被激起復仇的衝動，絢奈便只追求這件事。由於是為了斗和而計畫的復仇，將招致的悲傷都置之度外，只為了終結一切而行動的她……」

為了斗和，任何礙事的人全都要收拾掉。

為了將包含修在內的他們一家人搞得亂七八糟，絢奈幾乎可以說是不擇手段，就連與她感情很好的伊織與真理也被當作齒輪之一，成為妝點她復仇劇碼的演員。

「……雖然確實全面地描寫了絢奈的恐怖之處，但要是斗和知道的話，肯定會阻止她吧。只要玩過外傳就更能清楚知道……斗和是個溫柔的人。」

男性繼續往下閱讀開發者的評論。

『在我們的共同認知中，斗和與絢奈以外的人沒有什麼交流。他頂多是跟著絢奈和人聊上幾句的程度……要是斗和在絢奈面前和她們相處融洽，或是被說在一起好像很開心的話，絢奈絕對會感到猶豫吧。』

看到這則評論的時候，男性很輕易地就想像出那個畫面。

遊戲外傳是一個關於絢奈復仇的故事，同時也描寫了她內心的糾結，讓人能夠產生很強的共鳴。

正因為身為一個閱讀故事的局外人，不知道有多少次都希望斗和能夠注意到……男性對於絢奈這個存在就是如此喜歡，發自內心希望她能夠得到真正的幸福。

『絢奈無論如何都會以斗和為第一優先，她就只是喜歡他而已。到了純粹的程度，無論何時都很率直……正因為如此，才會扼殺自己到那種地步，即使自己的心變得殘破不堪也能貫徹計畫。而關於非常多人詢問的，這之後的故事……也就是ＩＦ線之類的故事我們並沒有考慮。還請在各位的想像當中，讓他們獲得幸福吧。』

就這樣，開發者的評論做出了總結。

因為這是官方的發表，就表示已經確定不只不會有續篇，連ＩＦ線也不會推出，對此網路上的反應果然是遺憾的哀聲四起。

男性發愣了一陣子後，移動滑鼠，啟動了遊戲外傳。

於是最先出現的遊戲畫面，是幾乎已經看慣的披著黑色兜帽的絢奈，在徹底漆黑的天空下，瞳孔毫無光亮。

「果然還是讓人覺得很不暢快啊……越是知道這個女生的事情，就越真心希望她能得到幸福。就算她什麼都不做，也肯定能和斗和在一起，雖然想必會和修產生一場糾紛，但那也不是無法跨越的事情……絢奈選擇了斗和而非修，斗和選擇了絢奈……明明就只是這樣。」

遊戲標題畫面的絢奈一動也不動——然而，一直盯著她看之後，她看起來竟然像是在流淚似的，非常不可思議。

接著男性像是沉浸在回憶中一般，再次玩起遊戲。

讓人忍不住噗哧一笑的場景果然也很多，只要不想到與修有關的事，斗和與絢奈之間的笑容就不斷。

故事就這樣緩緩往下推進，讓人心驚膽戰的情節……也就是對斗和而言，有很多與使他感到痛苦的人們差點交鋒，令人捏一把冷汗的瞬間。

『斗和同學，我們去那邊吧？』

『咦？好，我知道了。』

然而由於絢奈總是先注意到，斗和因此得以過著平穩的日子。

斗和與過去曾對他惡言相向的琴音和初音完全沒有任何接觸，與間接對他口出惡言的絢奈的媽媽也同樣沒接觸。

不只是從絢奈的視角，從斗和的視角來看，他與其他女角真的沒什麼交流，因此就算她們發生了什麼事，他也不會知曉。

「……啊，結束了。」

經過了斗和跟絢奈甜蜜恩愛的性愛場景，男性沉默地看著兩人走向光芒的結束畫面……然後絢奈的身影消失，開始斗和的獨白：

「在我懷中有一直都笑著的絢奈在。看著那樣的笑容，連我也能變得幸福。但是……這樣真的好嗎？」

這段文字朦朧地消失，出現下一段字。

「她是為了我而行動的。然而真正摧毀她心靈的卻是……什麼都沒發現到的我自己。將那個曾經溫柔的她從我身邊奪走的……也許正是我自己。」

要是斗和發現了……開發團隊抱著玩心加入的那個功能就像斗和內心的呼喊一般。

男性暫時繼續看著這個畫面，呼地吐出一口氣。

他猛地向後將背靠到椅背上，低聲這麼說著：

「如果我是斗和的話……雖然無法把話說死。但就算我什麼都不曉得，也會為了絢奈而行動吧。哈哈，雖說想這種事情也沒有用，但只是想想也沒關係吧，畢竟都看了這樣的故事了啊。」

雖然自己沒辦法成為斗和，但還是忍不住想說出這番話，男性想要拯救絢奈的想法就是這麼強烈。

對於遊戲的登場人物帶入如此強烈的情感雖然很奇怪，但這也證明了他就是這麼喜愛這個故事。

▽▼

「果然不應該做不習慣的事呢。肩膀有點僵硬啊。」

我這麼說著，一邊揉著肩膀放鬆。

直到剛才都在學生會教室工作，雖然到後半段，某種程度上來說已經習慣了，但做平常沒在做的事情果然還是挺累的。

不過……硬要說的話，確實挺開心的。

雖然我們做的事並不是玩樂，而是工作的一環，但與誰共同做某件事也是身為學生常有的事，真的是一段不錯的時光。

不過不只是這樣，最重要的，果然還是因為身旁有她在吧。

我轉過去看身旁的絢奈，她也抬起頭看我，視線交會的瞬間她有些驚訝但還是輕笑一聲並露出了微笑。

「怎麼了嗎？」

「沒有，不自覺地想起剛才的事，覺得好開心啊。」

「呵呵，就是說啊。雖然大家要說是自然而然或像是偶然一樣聚在一起……但是很開心呢。」

「絢奈？」

口中說著很開心，但絢奈臉上露出了悶悶不樂的表情。

她為了不讓我擔心而立刻對我露出笑容，一邊覺得她的笑容真可愛，同時卻也覺得無法不過問就帶過這件事。

修已經和伊織跟真理兩人走掉了，所以不在一旁，現在只有我和絢奈兩人……剛才在學校正好也沒問到，就稍微認真和絢奈談談看吧。

「絢奈，可以占用妳一點時間嗎？」

「好的。無妨喔。」

雖然她微笑地對我點頭，但表情感覺果然有一點陰沉。

也許是我太擔心不想看到這樣的她，但我還是拉著她的手走進附近的咖啡店。

「歡迎光臨～～！請問是兩位嗎？」

「是的。」

「那邊的座位請坐。決定好要點什麼的時候請說一聲。」

「謝謝。」

在店員的指示下，我們走向裡面的桌子。

我們看著菜單，總之點了紅茶和蛋糕，在等待期間隨口閒聊著。

「餐點讓您久等了～～！」

點的東西送來了，我們停止對話，品嚐著餐點。

紅茶的甜味也很棒，蛋糕的味道更是不用說，坐在對面的絢奈也津津有味地吃著。

「斗和同學，我也可以吃一點你的巧克力蛋糕嗎？」

「當然可以。那我也可以吃一口妳的草莓蛋糕嗎？」

「當然嘍♪」

用叉子叉起一口的大小後，我們互相餵對方吃。

就這樣，我們吃完蛋糕後，喝了紅茶，彼此都平靜了下來時，我直直地看著絢奈，開口說道：

「我說絢奈。」

「什麼事？」

「絢奈妳……是不是背負著什麼？」

「你是指什麼？」

她直視著我，歪了歪頭。

正因為不論什麼表情都很適合她，就算不是笑容或其他表情，單純露出充滿疑問的表情都非常好看。

「絢奈妳……總是對我露出笑容。」

「因為在斗和你的身邊，每天都很開心，很幸福……這種情況下我不會露出笑容以外的表情啊。不過我也是人類，如果說我只會露出笑容就太誇張了。」

「……………」

絢奈搖晃著肩膀笑著。

她的表情看起來沒在說謊，笑容也和平常沒有不同……明明就是我最喜歡的笑容，卻總覺得她的笑容有一點陰暗。

「真的嗎？」
「……咦？」
「絢奈妳真的是發自內心在笑嗎？」
「……嗯。」
以問法來說，這是一種意圖試探她內心的說法。
但是絢奈不僅沒有動搖，也完全沒有任何介意的樣子，像是認真在思考我的問題似的摸著下巴。
她一邊發出「嗯～～」的聲音沉吟著，然後有點困擾地微笑著開口：
「我是發自內心在笑呀？你看，斗和同學你說覺得可愛的笑容，看起來像假的嗎？」
絢奈這麼說著，堆起滿臉的笑容。
老實說……老實說雖然很不甘心，但我只能認同她的這番話，因為我的直覺告訴我那是她發自內心的笑容。
是我想太多了嗎？不，我想應該不可能。
只要看著微笑的絢奈，就只會想到不只覺得內心被洗滌，還會想要一直看著那個笑容。
「斗和同學？到底是怎麼了？雖然斗和同學認真的表情非常棒，但我不希望你在這種地方露出這麼嚴肅的表情。」

「……說得也是啊。」

「像這樣兩個人來到咖啡店，所以不想談論這麼嚴肅的話題」，她就像是這樣說著似的鼓起了臉頰，我於是向她道歉。

按這個情況，不管我怎麼問，感覺絢奈都不會回答我，而且我也開始喪失自信，覺得會不會真的只是自己搞錯了。

「抱歉啊。我去一下廁所喔。」

「好的。慢走。」

我離開座位走向廁所。

辦完事後我一邊洗手一邊看向鏡子，沒從絢奈那裡得到滿意的回答而面露不滿的我映照在鏡子裡。

「……是問得太突然了嗎？你怎麼想，斗和。」

就算我這麼問，鏡子裡的我當然什麼也沒回答。

就算一直盯著看，還是什麼也沒變……我苦笑著心想自己到底在幹嘛啊，然後回去找絢奈。

「我回來了。怎麼樣？要走了嗎？」

「好啊。畢竟蛋糕跟紅茶也都吃完了。」

於是，我們結完帳後就離開店裡。

在這期間，我也一直悄悄觀察絢奈，但沒有發現任何特別奇怪的地方，我如此介意難道不就像是個笨蛋一樣嗎？

唉……不要連內心都在嘆氣啊我……這麼一來，又會被觀察入微的絢奈發現然後讓她擔心的。

「啊，下次休假要不要去那間店？我有想看的小東西，也想送明美阿姨一點小禮物。」

「知道了。我絕對會把時間空下來的。」

一邊回應絢奈的話，我一邊為了想多少轉換一下心情而在腦中回想剛才的事。

與伊織和真理互相觸碰並玩得似乎很開心的絢奈——

絢奈一副很抗拒伊織的觸摸也很有趣……相對於真理煩惱著該怎樣才能變得像絢奈一樣，溫柔地看著可愛學妹的絢奈表情又更加珍貴。

「然後……咦，斗和同學？你為什麼露出賊賊的笑容啊？」

看吧？雖然沒被她看見我煩惱的表情倒是還好，但她看到的是我傻笑的表情，實在也很令人難為情。

「沒啦，我可沒有在想什麼下流的東西喔？我是想到剛才在學生會教室的事啦。」

「又來了嗎？雖然確實是很開心啦……啊～～我想到剛才被伊織學姊揉胸部的事了。」

「什麼？」

啊……不小心做出一點反應了。

我看著她們的時候，並沒有看到那樣的畫面，但是原來如此啊……也難怪修會臉紅呢。

「我也好想看……你臉上這麼寫著喔？」

「咦！」

「呵呵，開玩笑的啦。機會難得，我們現在就去隱蔽處進行摸摸時間吧？我完全沒問題喔！」

「不要那樣自信滿滿地挺胸啦！不，雖然確實是在講胸部的事沒錯！」

順帶一提，這裡除了我們以外，還是有很多人在走動喔。

我和絢奈短暫地互看了一下，但畢竟是在這種地方，還是冷靜了下來。

「……呵呵！」

「……唔呵呵！」

我們兩人肩膀顫抖著笑了好一陣子後，再次邁開步伐。

在那期間我們之間完全沒有對話，但是那絕對不是令人不自在的尷尬氣氛……不如說，這段沉默的時光令人感到非常舒適。

我們兩人就這樣走著，我突然停下了腳步。

配合我的步伐走著的絢奈理所當然地停下腳步，抬頭看我，等著我的下一個動作。

「……那個啊。剛剛我問妳的事情，某種意義上來說可以代表我的決心。」

「決心？」

「對。」

我點了頭，繼續說道：

「我要守護絢奈的笑容──在學生會教室看到玩得很開心的絢奈時，我更加這麼認為了。」

由於周圍有人，我們稍微移動了一下。

儘管如此，傍晚的街道上行人非常多，不管去哪裡都人來人往。

我們往路旁移動後，再次直直地看向絢奈。

「我啊……很喜歡看到露出笑容的絢奈喔。在我的面前也是，像剛才那樣和伊織……不，和會長跟真理感情很好的樣子也是……該說是很珍貴的情景嗎？用最近的流行用語來講的話大概就是『貼貼』的感覺？」

貼貼，是最近流行起來的詞彙。

一邊不太確定是不是能用在這種地方，一邊說了出口，但是絢奈一句話也沒回我。

該不會是我用錯了吧，我這麼想著看向絢奈時，發現她看起來有點茫然。

與其說是茫然，更像是聽見了某個預期外的事情一樣……她的表情給人這種感覺。

「絢奈？妳怎麼了？」

「唔……」

「……絢奈？」

她低著頭，像是要和我拉開距離似的後退一步。

她的舉動讓我感覺到自己被她拒絕，忍不住想將手伸向她，但又收了回來。

我做了什麼嗎，我說了什麼嗎……冷靜地回想剛才為止的對話，但是找不到任何特別的原因。

「絢奈——」

或許只是我的誤會……但是，即使只是一點點，絢奈像這樣和我拉開距離的行為讓我感到震驚——那使我的心臟彷彿被利刃刺入一般疼痛不已。

「那、那個……我……！」

絢奈抬起頭來，臉上的表情很沉重……就在我們之間瀰漫著尷尬的氣氛之時，就像要把那陣尷尬掃去似的，那傢伙出現了。

「嘿～～！果然是雪代和音無同學啊！」

在有一點距離的地方舉著手的人是相坂。

他穿著球衣，看來是社團活動結束要回家──他一邊賊笑著一邊靠近我們。

「怎麼啦、怎麼啦？雪代跟音無同學在一起雖然不稀奇，不過你們該不會是約會結束要回家吧？」

相坂用肩膀輕輕撞我調侃著，使我感到有些不耐煩，但他似乎很快意識到若我們真的是在約會的話，自己就打擾到我們了，立刻慌張地道歉起來。

「與其道歉，不如一開始就別來打擾啊。」

「真的很抱歉……你看嘛，我最近都一直在練球啊。也沒什麼跟朋友玩，突然看到你們兩人就忍不住出聲喊你們了啊。」

「就只是這樣嗎？」

「就只是這樣……啊。」

在絢奈的詢問下，相坂搔了搔頭。

雖然對相坂來說絢奈是同班同學，但兩人並不是會交談的那種關係，在我面前是個陽光運動少年的他，此時也有點招架不住。

即使如此，原本我和絢奈間的氣氛變得有點奇怪，相坂像這樣出現也確實算是順水推舟化解了尷尬。

「相坂你才難得吧？就算是社團活動結束回家，我記得你家是在完全反方向吧？」

「我媽託我買東西啦。雖然練棒球很累了，但如果抱怨的話會被殺掉的。」

「是怎樣的媽媽啊。」

「阿修羅啊，我家那個。」

不要稱自己的媽媽「那個」啦。

不過原來如此啊，因為是媽媽拜託的……總覺得，雖然我和相坂算是關係不錯，但我沒去過他家，也不曉得他的家人是怎樣的感覺。

「先不提是不是阿修羅，母親的拜託確實很難拒絕呢。」

「對啊、對啊。平常她也都會幫我做便當，受盡各種照顧，也總是造成她的困擾呢。」

「原來如此。」

看來我們各自在母親面前抬不起頭的情況是一樣的。

雖然至今為止沒有像這樣和相坂談論家人的機會，雖說還是學生，但聊起家人的話題也是別有趣味。

「呵呵，相坂同學最喜歡媽媽了對吧？」

「說是最喜歡……還挺難為情的，但一般來說是不可能會討厭的吧。」

「說得也是呢。斗和同學也最喜歡明美阿姨……最喜歡媽媽了呢。」

「畢竟感覺雪代就一臉很珍惜家人的樣子嘛。」

「那是怎樣的臉啊。」

我輕輕戳了他的肩膀一下。

不過說真的，幸好相坂有來……要是剛才那樣下去，或許我跟絢奈到現在還很尷尬也說不定。

「你們兩人要回家了嗎？」

「對啊。」

「是的。我們正好準備要回家呢。」

絢奈站在我旁邊露出一如往常的微笑，相坂看著她，像是突然想到似的提問：

「雖然說音無同學在班上總是在照顧佐佐木。但是跟雪代在一起感覺比較適合呢……說說的啦。」

「哎呀，謝謝你，相坂同學♪」

我看著因為絢奈的微笑而害羞起來的相坂嘆了一口氣。

也不是不能理解，像絢奈這樣的美少女對自己微笑確實會有那樣的反應，但是我記得相坂不是喜歡某個年紀比自己小的女生嗎？

「是說相坂，你買東西——」

沒問題嗎？正當我準備問出口的那個當下。

「放開你的手！」

一個足以吸引我、絢奈和相坂注意力，鏗鏘有力的聲音響起。

當中尤其是我和絢奈的反應特別明顯，我們兩人幾乎同時立刻看向那邊……然後「啊」的叫了出來。

「有什麼關係嘛姊姊。跟我做點開心的事吧？」

「唔……我叫你放手你聽不懂嗎？」

一個年紀是大學生左右的男人正在追求一位女性。

女性明顯表現出厭惡的樣子，毫不屈服，用堅決的眼神和聲音威嚇對方，男人卻一副毫不在乎，不懷好意地笑著。

他很明顯並不只是單純向她搭話而已，而是以女性的身體為目的，他面露猥瑣的表情使他的意圖非常明顯。

「…………」

「搭訕喔……咦，雪代跟音無同學？你們怎麼了？」

在街上搭訕並不是什麼稀奇的事……雖然並不稀奇，但對我和絢奈而言，那名女性是無法等閒視之的存在，對我來說，還是會對斗和的記憶造成刺激的人。

「……是星奈阿姨嗎？」

音無星奈——是絢奈的母親。

她和我的媽媽同世代，應該約莫四十幾歲。

然而她看起來非常年輕，甚至會被誤認為大學生的姿容與氣質就不用說了，她還是個長得與絢奈相似的美人，如果不會被搭訕反而才奇怪。

「總覺得那個人跟音無同學……算了，不重要啦。我去去就回。」

「相坂？」

相坂把身上的東西放在原地，朝星奈阿姨與那個男人走去。

一般來說，遇到這種事或許會假裝沒看到，不想扯上關係，但看到相坂不以為意的樣子表現出了他的正義感，而他的行動也刺激到我。

「我也過去一下喔。雖然絢奈的媽媽確實對我沒什麼好印象，但她畢竟是妳媽媽，這已經足以構成我去幫她的理由——妳就在這邊等著。」

就算她不喜歡我，這也不會成為我不去幫她的理由……因為是絢奈的母親，不管有什麼理由，要是我不行動的話大概會後悔……我有這種感覺。

只是……怎麼回事？

我想要往星奈阿姨走去，腳卻變得非常沉重……感覺就像是深陷及膝的泥沼中。

（這個……和那時候一樣——）

就和看到修跟伊織在搬東西的時候一樣……結果那時候我確實什麼也沒做，就和絢奈一起回去了。

我勉強地移動受到阻礙的腳。

當我一這麼做，彷彿有什麼東西脫落的聲音在我腦中響起，然後就這樣走到了相坂旁邊。

雖然我也不是不在意剛剛那股感覺……但是，現在我滿腦子想的都是必須要儘快去幫忙星奈阿姨。

「等一下，相坂。」

「哦？雪代你也要去嗎？」

「是啊。因為那個人，是絢奈的媽媽。」

「是喔……咦？」

愣住的相坂，驚訝地瞪大了眼睛。

看起來那麼年輕的人，確實會想不到她其實有個已經高中的女兒了，我非常懂你的心情喔。

我們來到爭執不下的兩人身旁——先注意到我們的人是星奈阿姨。她非常訝異，不是看到相坂，而是看到我的瞬間。

「到此為止了。那個人並不願意吧？」

「這麼多人在看的地方，虧你有辦法這樣耶，小哥。」

「……幹嘛啊？你們。」

男人非常明顯地瞪著我們，但由於我們有兩個人，他似乎也稍微露出一絲膽怯，瞬間放開了星奈阿姨的手——我沒放過那個空檔，立刻抓住星奈阿姨的手，把她從那男人身邊拉開了一段距離。

「你——」

「現在請妳什麼都不要說，就接受幫助吧。」

說是這麼說，其實我內心戰戰兢兢的。

還記得琴音和初音阿姨對我說過那些話，對我來說，我想應該不會有比那些更能帶給人衝擊的話語了……但是，我還是不想聽到喜歡的女生媽媽對我說出過分的話，所以如果可以，她什麼話都不要說比較好。

「跟你們這些傢伙沒有關係吧！」

「雖然沒有要解釋，但是有關係喔。」

「就是這樣。是說你趕快放棄啦，真是有夠難看。」

相坂說的話讓男人的表情顯得更加憤怒，拿起了附近的三角錐。

看到他的動作，星奈阿姨發出了小小的尖叫，我把手放在相坂的肩膀上，用力把他拉向我們這邊。

「你有在打棒球，而且現在是重要的時期吧？受傷的話事情就嚴重了。」

「就算是那樣……」

「別管了，你退後！」

但是此時就顯現出我的缺點了，雖然我打算保護這兩個人，但我完全沒想到任何明確的應對方式。

因為我用力拉了一下，使得相坂比星奈阿姨離那個男人更遠，雖然因此而放心，但是在我正後方的星奈阿姨還沒脫離險境。

畢竟我們吵成這個樣子，周遭也開始喧鬧了起來，但總之我的頭或背就先挨個一擊……嗎？

「少得意忘形啊！廢物！」

男人將三角錐高高舉起，當我別開視線，映入眼簾的是瞪大眼睛看著我的星奈阿姨，還有立刻又朝這裡衝過來的相坂。

尤其是星奈阿姨的表情特別新鮮。

畢竟我和她直接對話的記憶只有斗和過去的記憶而已，在遊戲中出現的橋段也不多，不過我不太確定用新鮮來形容是否正確就是了。

「唔……」

閉上眼睛準備承受攻擊——一心只想著希望不會太痛……然而，我的身體並沒有感受到疼痛。

「不准對斗和同學做過分的事啊啊啊啊啊！」

那正是滿腔怒火的她的……絢奈的叫喊聲。

我聽到某個低沉的聲響，原來是三角錐掉到地上的聲音，我一回過頭，就看見男人蹲伏著護住胯下，而她背對我站在那男人和我之間。

站在我們面前背對著我們的絢奈，那站姿看起來像是身經百戰的戰士，我和相坂面面相覷。

「絢奈……同學？」

「音無……同學？」

我們……根本是路人吧？我被絢奈的背影所震懾而不禁這麼想著。

當然不只是我和相坂，我向後一瞥，看見星奈阿姨也瞪大眼睛看著絢奈，看來對這個人來說，絢奈的這個模樣也非常少見，或是根本沒看過。

「死婆娘……妳做了這種事，別以為我會放——」

「別以為你會……怎樣？」

絢奈對著抬起頭的男人回嗆道。

她充滿魄力的聲音就像是震撼著大氣一般，非常有威嚴，就連我都對那個聲音感到有點害怕。

不知道被俯視的男人究竟看到絢奈什麼表情……他膽怯地「咿」的叫了出來——絢奈盯著那個男人只說了一句話：

「給我滾。」

我的耳朵確實聽見她所說的話。

那絕對是絢奈不會說出口的話當中的第一名……我還以為是自己的耳朵出了問題，但看來不是這麼一回事，男人點點頭站了起來，忍耐著胯下的疼痛，搖搖晃晃地跑走了。

絢奈背對著我們靜靜地看著男人離去，我正準備向她搭話時，突然感到一陣奇怪並歪了歪頭。

（這個狀況……我是知道的嗎？）

絢奈說出的重話……「給我滾」或是類似的話語……總覺得好像有聽她說過……有種既視感。

在看不見男人的身影後，絢奈轉了過來，但她的模樣一如往常。

「沒事吧？相坂同學也是。」

「哦、沒事……呃……雪代？」

「…………」

總之，關於絢奈剛才的變化，我們不提起也沒關係吧。

更重要的是，在場還有其他湊熱鬧的人，星奈阿姨也在身後——當場面平息下來，星奈阿姨說話了。

「絢奈……妳剛剛是？比起那個，妳為什麼跟這孩子在一起呢？」

為什麼跟這孩子在一起，這句話所指的人是我吧。

雖然事情最後是以絢奈將男人擊退的形式落幕，但對於去保護她的我，連一句謝謝都沒有嗎？我幾乎要笑出來。

「媽媽。妳應該要先跟斗和同學道謝吧？斗和同學明明就挺身而出保護妳耶。」

「我被他……在開什麼玩笑？」

星奈阿姨用鼻子哼了一聲看著我。

說真的，她到底為什麼對我那麼……不，雖然完全不能理解為什麼她那麼討厭斗和，但就算問她為什麼，她肯定也不會告訴我吧。

要是我可以說出什麼能夠直擊她內心的話就好了……但就在我這麼想著的時候——從絢

奈口中，說出了比灌注全力的右直拳還要更加猛烈的砲火。

「那個時候不也是這樣嗎……明明就是我不好，斗和同學明明就只是安慰我而已……媽媽卻把斗和同學說得很陰險，就連斗和同學受傷的時候也是！」

絢奈這時稍歇口氣，用徹底不同於剛才激動的聲音，改以細語般的平靜聲音繼續說道：

「妳不僅不會道謝，無論有什麼理由，說出那種過分話語的媽媽，我最討厭了……我根本連想都不願意去想，自己竟然跟妳流著同樣的血。」

「絢……絢奈……？」

聽到絢奈說的話，星奈阿姨露出不可置信的表情，睜大了眼睛。

就像是忘記了我和相坂的存在似的，她只是錯愕地看著絢奈。

（……火球般的直球果然還是太猛了吧？）

對我來說，關於星奈阿姨只有討厭的回憶……但就算如此，即使她被絢奈說了這番話，我也絲毫沒有覺得她活該之類的膚淺想法。

那麼，這個狀況該怎麼辦呢……在我這麼想的時候，我看到星奈阿姨的手上有傷——恐怕是剛才和那個人起爭執時，被對方的指甲給抓傷了。

「星奈阿……咳咳，對不起，請把手借我一下。」

「斗和同學？」

我差點就用名字稱呼她，但覺得還是不要比較好，所以在說出口的前一刻煞車了。

當我靠近了還在茫然的她，她只有視線跟著我的臉移動，看來她確實是有意識……不過那也是理所當然的。

「妳受傷了。因為我沒有帶ＯＫ繃之類的，回去後請用水洗過並確實包紮。」

我綁上手帕，包住傷口。

我也想過或許會在過程中被她甩開，但並沒有發生這種事，星奈阿姨只是靜靜地看著我在做的事情。

「好了，這樣就沒問題了。」

完成了簡單的處理，我放開星奈阿姨的手。

星奈阿姨呆呆地看向綁著我手帕的手，我不知道該對她說什麼才好。

「我們走吧，斗和同學。相坂同學也是。」

絢奈緊緊地握住了我的手，邁開步伐。

我一邊被絢奈拉著走，一邊往後瞄，星奈阿姨看起來完全沒有想對我們說什麼，或是想追上來的樣子。

「呃……啊哈哈，總覺得好像發生了很多事耶。」

在看不見星奈阿姨的身影後，相坂苦笑著這麼說。

他對於所有的事情都一無所知，應該感到困惑不已，卻還是能這樣笑出來，讓氣氛緩和了不少，實在令人慶幸。

「抱歉啊，相坂。該怎麼說，發生過很多事啦。」

「看到那種場面，就算我再怎麼遲鈍也知道好不好。不過，包括那個人在內，幸好我們都沒受什麼大傷呢。」

「是啊。」

關於這點我是同意的。

說是這麼說……之所以沒有受什麼大傷究竟是誰的功勞，毫無疑問，是展現出亞馬遜女戰士般行動的她吧。

「…………」

「…………」

「怎、怎麼了嗎……？」

絢奈被我和相坂盯著看，感覺很不自在似的將身子縮起來。

她剛才發出大喊以及一擊就擊倒了男人……是說，仔細想想，沒想到絢奈竟然那麼強，甚至會狠狠地朝那裡給予痛擊……還有很不適合她的粗魯用詞也很出乎意料。

「沒有啦……只是想說原來音無同學生氣起來會變那樣啊。那個……我應該不會因為看到什麼不該看的東西而被殺掉吧？」

「是要被誰殺掉啊！請不要把別人當成那種危險的傢伙！」

「……呵呵！」

對於相坂的玩笑，絢奈滿臉通紅地回嘴。

絢奈一臉沒意思地把臉別了過去，躲到我身後，相坂見狀沒轍地笑了，接著看著我繼續這麼說：

「說到底這跟我一點關係也沒有啦。雖然好奇，但我什麼都不會過問的……不過，我不覺得雪代你是會毫無理由就被討厭的人。所以我希望你們的關係能改善，或者說事情能順利進展。」

「……嗯。謝謝你，相坂。」

「嘿嘿，那麼我就……啊！買東西！我都忘了！」

相坂慌慌張張地揮著手跑掉了。

雖然是這種像暴風襲捲而過的情況，但是聽到相坂那麼說，我的臉還是有點燙。

這時候絢奈抱住我的手臂，抬起頭凝視著我。

剛剛發生了那場爭執……今天要是就這樣讓她回家，她和星奈阿姨肯定會很尷尬，於是我提議要不要直接來我家。

「我想去……明天早上，我會早一點回去的。」

「知道了。」

這麼一來，明天應該就會先送她回家之後再去學校了。

媽媽應該已經回到家了，在帶絢奈回去之前，就先打電話給她告知絢奈要在我們家過夜吧。

『喂？』

「媽媽？事出突然很抱歉，今天絢奈能來過夜——」

『可以啊。那麼，我晚餐就準備多一點嘍。』

媽媽什麼理由都沒過問就答應，真是太棒了。

由於絢奈就在一旁，似乎也聽見一些媽媽從電話裡傳出的聲音，一邊輕聲笑著，一邊輕輕握住我的手。

「謝謝你，斗和同學。我也必須向明美阿姨道謝才行呢。」

「真的不需要道謝啦。比起那個，我媽啊……絢奈妳來過夜會讓她的情緒猛爆高昂，會超煩人的喔？」

「沒問題的。因為我已經很習慣應對喝了酒的明美阿姨了呢♪」

那還真是……非常可靠啊，我苦笑著。

絢奈因為能見到我媽媽，以及能待在我身邊，我一邊被她興奮期待的樣子療癒，一邊帶她一起回到媽媽等待著我們的家。

『妳不僅不會道謝，無論有什麼理由，就說出那種過分話語的媽媽，我最討厭了……我根本連想都不願意去想，自己竟然跟妳流著同樣的血。』

當我這麼說出口時，看見媽媽錯愕地看著我。

她像是聽見了難以置信的話語那般，何況還是由我對她說出那樣的話，更是她想都沒有想過的……對於讓媽媽露出那樣的表情，比起罪惡感，更有一種「總算說出口了」的滿足感。

但是……斗和同學為了幫助媽媽而行動了。

『我也過去一下喔。雖然絢奈的媽媽確實對我沒什麼好印象，但她畢竟是妳媽媽，這已經足以構成我去幫她的理由——妳就在這邊等著。』

雖然斗和同學並不知道媽媽在他背後說了很過分的話，但他知道自己不被喜歡……即使如此，因為斗和同學很溫柔，所以毫不猶豫地為了幫助媽媽而行動……即使他叫我等著，我卻也忍不住踢了那個男人的要害。

『給我滾。』

……正因為當時非常拚命，所以我才脫口而出那種重話。

至今為止都一直隱藏的一面，第一次在斗和同學、媽媽與相坂同學的面前不小心展現了出來……老實說，比起丟臉，我更覺得自己搞砸了，不過確實也稍微有種暢快的感覺。

要是問我喜歡還是討厭媽媽，我可以很肯定地說我討厭她。

雖然知道她對我至今為止的養育之恩，也知道她是因為爸爸劈腿的關係而離婚，有過很辛苦的經歷……但是，對我來說比起那些事情，斗和同學更加、更加重要！

「我說啊～～！絢奈妳在想些什麼事呀！」

「呀啊！」

或許我不該發呆，不知何時站在我身後的明美阿姨抱住了我。

而且不只是抱住而已，她開始不客氣地揉我的胸部。

「明、明美阿姨！我現在在洗碗啦！」

「那妳就暫時停止手上的動作，來跟我親熱一下嘛～～」

「要是停止手上的動作，就永遠洗不完了喔！」

我用稍大的音量這麼說以後，明美阿姨鼓著臉頰離開了。

她這樣鬧彆扭的話，我會感到有點困擾……但是，因為她是斗和同學的媽媽，也是我最喜歡的人，所以看見明美阿姨這種和平時反差的模樣，也讓我覺得非常可愛。

（好想和斗和同學一起洗澡喔……）

既然來到斗和同學家，我想盡可能跟他待在一起……甚至希望除了廁所以外的地方都能這麼做……這樣很普通吧？

就像是在告訴自己說似的，我說服了自己，並期待晚上能睡在他身旁的幸福感。

儘管意識到自己完全就是個少女，我還是再次開始替喝醉的明美阿姨做家務。

「絢奈，妳真的可以不用幫我做喔？」

「沒事啦。因為妳做了晚餐給我吃，這點小事請讓我來吧。」

「唔～～有絢奈在的話，感覺我會變廢人耶。斗和是不是也要注意一下比較好啊？」

斗和同學變成廢人的話我是完全歡迎……

也就是說斗和同學變得離不開我，我必須照顧斗和同學才行對吧？那豈不是最幸福的未來藍圖嗎？

「不過斗和是絕對不會想完全依賴別人就是了。」

明美阿姨大笑著這麼說。

對此我抱持同樣意見，斗和同學絕對不會一個勁地依賴人……如果別人感到辛苦的時候他會來分擔，有煩惱的話他會擔心並傾聽與商量。

「……啊。」

「怎麼了？」

「……沒事。」

明美阿姨注意到我因為驚訝而產生的神情變化。

我努力堆起笑容蒙混過去，但是明美阿姨一邊咕嘟咕嘟地喝著啤酒，一邊看著我。

……我稍微……有一點動搖了。

在學校發生的事使我強烈地意識到……斗和同學會分擔別人的辛勞，主動和人共同承擔。

（我……我……！）

不只是斗和同學，就連修同學都對我說了一樣的話。

說我和本条學姊或真理相處時看起來很開心，和她們的互動感覺很愉快。

（……很開心……我對於那樣的互動感到很開心……）

那是……不得不承認的事情。

對我來說，她們只不過是我為了讓修同學感到絕望而準備的舞台道具罷了……那個想法到現在也沒有改變。

（明明應該是那樣，但為什麼……唔！）

我停下正在洗碗的手，用力搖了搖頭，告訴自己這樣不行。

這樣下去，斗和同學洗好澡回來時會擔心我的……那樣又會像在咖啡店時一樣讓他顧慮我……我不想要那樣……不論何時，都希望斗和同學能保持笑容！

「絢奈。暫停。」

「……啊。」

明美阿姨緊緊握住了我正在洗碗的手。

直到剛才還暢快地喝著啤酒的明美阿姨，此時站在我身旁，用認真的表情看著我。

「雖然一開始是我託妳幫忙的，但剩下的我來做。絢奈妳去休息一下。」

「可是——」

「妳去休息。」

「……是。」

唔……雖然我想她沒那個意思，但被她認真地瞪視還挺可怕的。

我把剩下的碗盤交給明美阿姨洗，在剛才明美阿姨坐著的地方坐了下來，照看她……畢竟明美阿姨現在是喝醉的人啊。

「我說絢奈。」

「是？」

「我稍微從斗和那聽到一些今天的事。妳說了還挺狠的話對吧？」

「……對。」

畢竟我也沒叮囑斗和同學別說出去，更何況在隔天要上學的日子來過夜也是平常不可能發生的事……因此斗和同學把今天的事當作理由，告訴明美阿姨也是很正常的。

但是……以我個人而言，或許並不希望明美阿姨知道這件事。

因為我不希望她認為我……野蠻或是過分之類的，不希望她對我的印象變差……因為那種事，你看，搞不好會影響到將來不是嗎！

「那個……我或許說得太過了吧？」

「唔～～是吧。至少如果是我聽到斗和對我說了一樣的話，或許會想死吧。」

「唔……」

看著低落地垂下頭的我，明美阿姨苦笑了一下。

此時明美阿姨正好洗好碗，徹底把手擦乾後，她牽起我的手。

「我們去沙發那邊吧。因為在那裡我才能好好地抱緊絢奈嘛♪」

「呃……」

啊，突然覺得苗頭不太對……斗和同學，拜託你快回來！

雖然我這麼祈禱著，但此時斗和同學正在溫度絕佳的熱水中享受泡澡時光的情景浮現在我眼前。

坐下沙發的瞬間，明美阿姨猛地抱緊我的肩膀，一陣濃烈的酒臭撲鼻而來。

「渾身酒臭味的，對不起呀。」

「不會，雖然確實讓人在意，但沒關係喔。因為是明美阿姨嘛。」

「……看到妳露出那種『真拿妳沒辦法耶』的表情，會讓人覺得必須立刻離開才行啊！」

「呵呵，就說沒關係了嘛！」

雖然介意酒臭是沒辦法的事，但當中還混雜著明美阿姨的香氣。

而且我也很喜歡明美阿姨這麼做——我也緊緊地抱住明美阿姨。

「……絢奈妳真的好可愛啊。」

她說著「乖、乖」地摸著我的頭，讓我想起了小時候。

以前我也曾經像這樣被媽媽摸頭……感覺在遇見斗和同學之前，還滿常發生的。

但是……就算有那樣的過去，我還是忍不住有這樣的想法。

「要是明美阿姨……要是明美阿姨是我的媽媽，那該會有多幸福呢？」

就連敬語都忘了說，我不自覺說出了這樣的話。

雖然我突然說出這種話，應該會使明美阿姨感到困擾吧，但這是我不小心自然流露出的真心話。

在一陣短暫的寂靜後，明美阿姨開口了。

「絢奈，妳心裡肯定有什麼事吧。」

「…………」

「我無法知道那究竟是什麼事。因為我覺得不管我說什麼妳都不會告訴我。」

這句話聽在我耳裡相當刺耳。

一直覺得我非常擅於隱藏自己……不論是對修同學或媽媽也好，對初音阿姨或是琴音也罷，他們都不知道真正的我……所以才會認為我很擅長隱藏自己，但是斗和同學和明美阿姨卻立刻就識破了。

「但是我也覺得或許不用太擔心喔。」

「……咦？」

我抬起頭來，明美阿姨用溫柔的眼神凝視著我。

她有著會讓某些人感到害怕的花俏的外表……但是，凝視著我的明美阿姨，真的是個溫柔的母親。

「因為妳身邊有斗和在。那孩子，肯定不論什麼狀況都會拯救妳的……我可以非常肯定喔。」

「斗和同學會……」

「對。當然不是只有斗和而已，我也隨時都準備好對妳伸出援手喔。所以絢奈，妳要記得，妳絕對不是自己一個人。妳是有人可以依賴的，這件事要隨時都放在心上喔。」

「……好的。」

啊啊……這番話拯救了我的心……就是說啊……我會放在心上的。

但是那也是在全部都結束以後──那個時候就向斗和同學撒嬌吧……「已經沒有任何會傷害你的人存在了」，能讓他如此放心後再那麼做就好。

「明美阿姨。」

「什麼事？」

「……一下下就好，現在請讓我盡情撒嬌。」

「可以喔。」

我把臉埋進明美阿姨的胸前，就如剛才所說地暫時撒嬌起來。

「我洗好了～～咦！絢奈在狠狠地對妳撒嬌耶，媽媽。」

「哎呀，歡迎回來，斗和。」

「歡迎回來，斗和同學。那個……忍不住撒嬌了♪」

才剛剛洗完澡回來的斗和同學……那個……雖然會講出很變態的發言，非常抱歉，但是他一邊用毛巾擦拭頭髮、臉頰泛紅的模樣，實在非常性感，讓人下腹部躁動起來……

「絢奈散發出了發情的香味！」

「妳、妳在說什麼啊！」

如果是自己主動向斗和同學承認是完全沒問題的……但是！被他的媽媽明美阿姨發現並且還點了出來，讓我害羞到想立刻去死！

「是在說什麼啊……絢奈，妳去洗澡吧。」

「我知道了……唔！」

斗和同學恐怕是察覺到我的羞恥而且也體貼我，於是我點頭回應他，立刻站了起來。

「絢奈是我們的客人嘛。因為有放幾件睡衣和內衣褲在這裡，實在太過理所當然了，我差點都忘了呢。」

「呵呵，我有放幾件在這裡。真的非常感謝。」

承蒙斗和同學跟明美阿姨的好意，我在這裡放了幾件內衣褲和衣服，因此像今天這樣突然跟來過夜也不會有問題。

「那麼我去洗澡嘍。」

「好喔。」

「慢走。」

在我離開客廳的前一刻，聽到斗和同學因為被明美阿姨鬧，發出極其厭煩的聲音，果然好有趣啊。

我輕聲笑著走向更衣間，脫掉衣服，進入浴室。

溫暖的熱水從我頭上淋下，我一邊看向鏡子。

「……咦？」

一瞬間，感覺似乎有個穿著黑色兜帽的人站在我身後。

「誰……！」

因為浴室通常都是讓人放鬆且毫無防備的地方，因此我嚇了一跳並立刻轉頭望去……但是那裡什麼人也沒有，應該只是我看錯了吧。

「…………」

但是，我確實清楚看見了。

黑色兜帽裡所隱藏著的臉，大概……是我自己。

有著極度絕望的眼神，彷彿在向誰求助一般……我覺得自己看見了那樣的眼神。

「……唔……我是不是累了啊？」

今天確實發生了很多事，就算感到疲累也並不奇怪。

雖然因此愣了一陣，但之後明美阿姨也要洗澡，因此我趕快把身體洗乾淨。

在我泡進浴缸時，就忘了自己看見的奇怪畫面，泡完澡後我要跟斗和同學做些什麼才好呢……我滿腦子只想著這種事。

「……斗和同學♪」

果然只要和斗和同學扯上關係，我的思考能力就會急劇降低。

「呵呵，這也是一種愛的展現啊♪」

沒錯，這就是愛！不管別人怎麼說，這就是愛啊！

我在浴缸中用力握拳，只想著斗和同學的事並度過了療癒的時間。

▽

▼

絢奈來過夜的時候會睡在誰的房間呢，要是這麼問，就太不知趣了。

在我房間的正中間……不如說，在我的床正旁邊鋪好了床墊，準備好可以讓絢奈睡的空間。

「我想和斗和同學一起睡在床上……」

「啊哈哈，我也是這麼想的，不過先準備好也沒損失吧。搞不好會覺得太擠啊。」

「唔～～我又不覺得跟斗和同學緊貼在一起睡是難受的事，我不可能主動放棄那種幸福的。」

「到那種程度啊。」

「就是到那種程度。」

我看著用力握緊拳頭的她苦笑。

「……嗯。」

但是……我雙手抱胸，稍微思索一些事。

在我成為斗和以後，今天是第一次讓她在我房間過夜……這確實讓人心跳加速，現在也立刻就想和她盡情觸摸彼此，這種心情是肯定的。

不過現在更加占據我內心的是，她在我身旁所帶給我的喜悅，本來即使沒有能像這樣面對彼此的時間，光是和她目光交會，就感受到無比的幸福。

「怎麼了嗎？」

絢奈疑惑地問道，但她的笑容就像是用表情在告訴我，因為被我凝視而感到開心一般。

那樣的笑容不只是可愛，粉紅色睡衣包覆下的豐滿曲線充分透露出她的性感，展現出和平常的制服或便服都完全不同的模樣。

「什麼也沒有啦。比起那個，妳和我媽好像聊得很開心呢。」

「啊……是的。這個嘛——我們聊得很愉快。」

我當然沒有漏看絢奈臉上一閃而過的陰沉。

坐在床上的我，輕輕拍了拍自己的旁邊，示意絢奈過來，她立刻站起來坐到我旁邊。

「絢奈。」

「是♪」

當我要抱住她的肩膀時，她開心地把身體靠向我。

移動放在她肩上的手，一邊輕柔地撫摸她的頭，一邊繼續說：

「我大概知道我媽跟妳說了些什麼喔。雖然我也是，不過我媽真的很關心妳……這件事妳可別忘了喔。」

「……那當然。能這樣受到關心，我真的很幸福。」

雖然聲音聽起來很沒精神，但絢奈還是這麼回應。

我們互相凝視了一段時間後，絢奈發出「啊」的一聲，把放在棉被上的手機拿起來，確認著什麼。

「我還以為我媽媽會聯絡我，但什麼也沒有呢。」

「……這樣啊。」

如果是平常的話，絢奈現在應該在家……連一封訊息也沒傳給絢奈，該說是是因為冷漠嗎，還是因為絢奈所說的話使她大受打擊，連傳訊息也做不到呢……現在沒有任何方法能確認這件事。

不過，正當絢奈看著手機的時候，剛好有通電話打來。

「啊……」

「嗯？妳可以接喔？」

「我知道了。」

不管是誰打來的，我都不能叫她別接，而且壓根也沒有說那種話的打算……但是，會是誰呢？

要說我完全不在意就是在說謊了，而且這種程度，只要告訴自己別介意就能不介意——雖說如此，但那似乎確實是會讓我介意的對象。

「怎麼了嗎——修同學。」

看來打電話來的人是修，像是一如往常的閒話家常。

雖然不曉得背對著我的絢奈是什麼表情，但她對話的聲音，聽起來有種嫌麻煩的感覺。

「有什麼事嗎？就只是因為想講話……在修同學的心中，我到底是多閒的人啊？」

修並非覺得絢奈很閒，而是單純想跟絢奈說話吧。

因為閒著也是閒著，就隨手拿起漫畫來看，這時候，得知了自己的心胸究竟有多狹隘。

「……感覺真討厭啊。」

雖然是我說可以接電話的，此時卻感到後悔。

一方面是「明明跟我在一起，不要跟別的男人講話」這種對絢奈的想法，以及「不要打擾我跟絢奈的時間」這種對修的想法……我原本就是這麼度量小的人嗎？

「你問我現在在做什麼嗎？我沒特別——」

努力忍耐與陰暗的想法在我內心互相拉扯……那就像是在兩邊耳朵低語的天使與惡魔一般——我聽從了一方的聲音，聽從了惡魔的耳語並站了起來。

鋪在地上的床鋪上，絢奈以正座的姿勢背對著我……我從後方用手臂環抱住她。

「呀！」

「…………」

因為絢奈毫無戒備，被我突然的擁抱嚇了一跳。

正因為我和她靠得非常近，可以稍微聽見透過電話傳來修的聲音，但我對此並不介意，雙臂更用力地抱緊著絢奈。

「沒事，什麼也沒有喔。那麼……我們還要繼續聊嗎？」

一瞬間嚇到的絢奈，不僅沒有抱怨著要我放開，也沒有打我的手臂發出無言的抗議……只是溫柔地撫摸我的手臂。

「今天還沒有要睡吧。不過，一直持續通話，兩個人也都會很累吧。我也想在睡前悠閒地度過。」

修肯定徹底想像不到絢奈在我家吧。

像這樣主動靠近絢奈的時候，我完全沒有感到絲毫罪惡感，甚至還因為她在我懷裡而萌生了不好的念頭。

「唔嗯……唔……」

似乎是因為我手的動作而感到舒服，絢奈發出了嬌豔的聲音。

我從絢奈的背後，故意用挑逗的方式觸碰她，這麼說來，我想起在遊戲中好像也有這種場景。

那究竟是哪個橋段呢……就在感覺快想起來之時，絢奈立刻結束通話，對修說了晚安。

「絢奈？」

「真是的，斗和同學！這樣子我忍耐不住啊！」

「唔！」

她立刻轉過身來親吻我。

一開始是像輕輕啄食般的輕吻，接著漸漸激烈起來，很快就變成了舌頭交纏的熱吻。

當我們的臉分開時，兩人之間牽著混合彼此唾液的銀色絲線，過了一陣子，我們像是失去力氣般停了下來。

「在我講電話講到一半的時候，斗和同學真是要不得。」

「……希望妳不要笑我。」

「什麼事？」

「現在只有我們兩個人——所以我希望妳只專注在我身上。」

當我這樣明確老實地說出口後，絢奈手掩住嘴輕笑起來。

那當然絕不是瞧不起我的嘲笑，是她無論何時都看著我的眼神。

我是……斗和。

可以說是身為別人的我，存在於斗和體內……但是，絢奈毫不懷疑地相信這樣的我就是斗和。

（……我……能一直待在這裡嗎……還是說，當我完成某個任務以後，我就會消失呢……？）

當我一想到這種可能，就突然感到一陣寒意。

我已經是雪代斗和了……我是如此相信，也已經多次說過，確實感覺到自己以斗和的身分在這個世界穩定下來了。

但是……基於我自己實際經歷過轉生，已經體驗過不可能發生的事情——也就是說，我突然消失，一切恢復原狀，這種事情也不無可能。

「斗和同學？」

「…………」

我用手撫著絢奈的頭，手臂環繞著她，將她緊緊抱住。

我不想放開緊緊抱住的這股溫暖……真的很想待在她身邊，待在絢奈的身邊。

對我來說這個女生早已是非常重要的存在……因為她並不是只存在於遊戲中的女生！

「……斗和同學像這樣迫切地渴求我，或許是第一次也說不定。」

「咦？」

我驚訝地看著絢奈。

她一邊用手撫上我的臉頰，一邊緩緩繼續說道：

「斗和同學──我最喜歡你了。喜歡你到了只要是為了你，什麼事都做得出來的程度……因為我愛你。」

然後我將再次親吻我的她推倒。

在全白潔淨的床鋪上……這在幾小時後會變成什麼樣子並不難想像，我將身體疊合在眼睛微微濕潤並向我敞開雙臂的她身上，再一次與她共度難忘的時光。

之後確實過了幾個小時──我從窗戶眺望著外面。

「呼……呼……」

我看向發出規律而可愛的呼吸聲，絢奈正裹在被子中睡覺。

似乎是在事後立刻變得非常想睡，雖然她說過直到最後的最後都要緊貼著我一起睡在床上，但這個計畫失敗了。

「哈哈，有點太誇張了吧？」

我輕聲笑了笑，再次看向窗外。

從這裡能夠看到的景色，就只有附近已經熄燈的住家，還有夜空中的滿天星斗。

「…………」

但是，只要這樣看著星空，我就能平靜下來。

甚至開始產生一種我的煩惱根本算不上什麼的感覺，但我約束自己不能這麼想。

「絢奈……我也最喜歡妳了喔。正因為如此，我才想要守護妳啊。不論是作為斗和，還是作為我自己，都希望從今以後能和妳一起發自內心地歡笑。」

我面向書桌，把那本筆記本拿出來。

彙整了自從我意識到自己身處於這個世界起的全部資訊，並且詳細記錄了發生在自己身上所有事情的筆記本……寫著就算被我以外的人看到，也不會知道我在寫什麼，頂多被笑說是不是想成為小說家的內容。

我握著筆，輕鬆並流暢地寫下文字。

「我要守護絢奈。因為我想要一直看著她的笑容。」

寫下這樣的文字後就把筆記本闔上了。

我靠近絢奈，輕撫她的頭，她因為覺得癢而扭動身體的樣子真的很可愛，能讓人永遠看下去。

要是說時間就這樣停止，什麼都不用再想的話……覺得真的可以就這樣活下去，因為我已經非常清楚，自己是最靠近絢奈的人了。

「搞不好會消失也說不定……雖然剛才想到了這個可能性，但我不是認為，不論發生什麼事都想要待在她身邊了嗎？」

我是發自內心這麼想的。

並且只有一件事，老實說，當我和絢奈結合的時候，唯一分心想到的事情是——隨著我和絢奈的身體一次次交疊，自己體內似乎有某個東西要打開的感覺。

直到最近才感受到，我所遺忘的某個東西要甦醒的感覺……那是一種被關上的門即將要打開的感覺。

「呼啊……我也開始想睡了呢。雖然也可以睡在床上，但因為機會難得，還是跟絢奈睡在——」

睡在一起吧，當我準備這麼說的時候，我按住了頭。

「唔……！」

因為我的頭突然感到一陣劇痛。

痛到眼裡可以看到四散的火花一般……在忍耐著那股疼痛的同時，我看見了不可思議的景象。

披著黑色兜帽的女性，凝視著睡著的絢奈，以及撫摸著她的頭的我……不應該存在於此的她就在那裡。

「妳……是……」

妳是神出鬼沒的幽靈嗎，我有游刃有餘到能這樣吐槽她嗎……？

靜待一陣子後，頭痛漸漸緩和下來，這麼一來，冷靜下來的腦袋就可以專心觀察眼前的景象了。

然後，我看見從那個帽子底下露出的臉，感到非常驚訝。

「……絢奈……？」

沒錯……在那個兜帽中所看見的確實是絢奈的臉。

她的長相與在我旁邊還在睡覺的絢奈分毫不差，但是只有瞳孔和睡著的絢奈完全不同。

那不是充滿光彩的明亮眼神，而是被染成漆黑，充滿絕望的眼神……看著這樣的她，讓我難以忍受，忍不住向她伸出手時突然回過神來。

「奇怪……？」

我的手所伸向的地方什麼也沒有……是毫無異狀的我的房間。

看著房間的景象，彷彿披著黑色兜帽的絢奈打從一開始就不存在，我想自己大概真的是累了吧，歪了歪頭，而這番話卻自然地脫口而出：

「我知道那個絢奈……我有看過她……？」

當我有這個實際的感覺時，有某個東西喀嚓一聲地拼上了的感覺。

莫非我剛剛所看見的畫面並非實際存在，而是開啟我體內某個沉眠記憶的鑰匙嗎……我不禁這麼想。

「斗和……同學？」

聽見絢奈叫我，我於是看向她，但她並沒有醒來。

看來她似乎就連在夢中也夢到我了，邊流著口水邊傻笑著。

看著她那與平常相差甚遠的鬆懈模樣，我苦笑了一下，擦掉她流下的口水，便把房間電燈關掉了。

（……是為什麼呢。只差一點……感覺只差一點就想起來了……我有這種感覺。）

在我想起來之前，其他令人在意的事情也堆積如山，例如為什麼我會被星奈阿姨討厭成那樣之類的。

即使為了要撬開記憶的門會讓我暫時變得非常忙，但只要身旁有絢奈在，無論什麼事我都會努力去做……我懷著這樣的決心閉上眼睛，為了迎接明天而準備入眠——然而……

『斗和同學。』

「唔！」

腦中響起的聲音使我立刻睜開眼睛。

剛剛聽到的毫無疑問是絢奈的聲音，但是她正在睡覺，看起來沒說任何話……並且也不像剛才說夢話的樣子。

「……為什麼……為什麼會用那麼……！」

「為什麼會那麼悲傷地呼喚我的名字」，聽到的聲音如此痛苦到我幾乎要這麼說出口。

無法置之不理，必須做些什麼才行……但是完全不曉得該怎麼做才好。

我被不安與焦躁所混雜的感覺吞沒，心跳加速使得我喘不過氣……是想要喊出「誰來救救我」的那般痛苦……！

「……呼……呼……！」

然而那也很快就平息了下來。

明明只是不到幾分鐘的事情，卻流了一身不舒服的汗，腦袋恍惚的感覺也非常不適，我為了掩飾那種感覺，努力試圖入睡。

雖然靜待了一陣子後就開始漸漸想睡了，但噁心的感覺到最後都沒有消失。

▼
▽

隔天，一早喚醒我的是絢奈的吻。

感覺到身體上有什麼在蠢動，努力抵抗睡意睜開眼睛，迎接我的是絢奈極近的臉龐。

她露出一副「被發現了，嘿嘿」的樣子吐了吐舌，完全沒有認錯的意思並吻向我……要是在假日的話，這個鬧鐘的刺激程度恐怕會讓我從早上就開始熱身了。

「早安絢奈，現在還是早上喔？」

「早安斗和同學。雖然是早上，但時間還是非常充裕喔？」

……真是的！不只很可愛還很色情，實在是……實在是！

我「呼～～」的吐氣加上深呼吸，才總算平復了劇烈的心跳。

雖然確實如絢奈所說，時間還很充裕。但是因為起得這麼早，我也多少有些想睡回籠覺的欲望。

「算了，起床吧。」

「呵呵，就起來嘛。今天我會代替明美阿姨做早餐喔！我會努力的！」

絢奈做出握拳動作，然後穿著睡衣就走出房間了。

「……啊～～這樣啊。仔細想想，就算不先回家一趟也沒關係嘛。」

在她要過夜的時候，雖然為了做準備而打算一早回家，但是除了制服外，絢奈有放內衣褲等東西在我們家，因此得出了其實沒必要特別回家一趟的結論。

即使如此，絢奈說今天放學後還是會回家，因此基於這一點，應該是不需要擔心星奈阿姨了。

「唔……」

當我準備站起來時，我的頭暈了一下。

感覺並不是感冒，也沒有生任何病……然而這一瞬間的暈眩讓我聯想起昨晚的噁心感。

「……可惡，到底是怎樣啊。」

但畢竟那是讓人很快就不再介意的小事，所幸在那之後並沒有發生任何讓絢奈或媽媽擔心的事。

吃完絢奈做的美味早餐後，我們沒有和修會合，而是我和絢奈兩人一起走去學校。

「真的好開心。我說斗和同學，我會再來過夜喔♪」

絢奈像是完全不在意與星奈阿姨的爭執似的，只說了這次過夜很開心，我邊對絢奈苦笑，腦中的一角還是不斷在想昨天的事。

（那個聲音……到底是怎麼回事……？）

與絢奈相同的聲音，卻非常悲傷又痛苦的那種聲音縈繞耳畔。

雖然對身旁洋溢著笑容的絢奈感到非常抱歉，直到抵達學校，在座位坐下來為止……我都一直敷衍地回應絢奈，只想著那個聲音的事。

「早安絢奈！」

「早安音無同學！」

看著絢奈走向朋友們的背影後，我完全不想做任何事，所以就呆坐了一陣子。

儘管修和相坂向我搭話，但我只是發著呆沒有回應。

朝會結束後開始上課，當我心不在焉地看著筆記本的時候……

我無意識地在筆記本的角落寫下與授課內容完全無關的文字。

「……FD？」

我歪了歪頭，看著自己無意識地寫在筆記本上的F和D兩個字。

這個文字代表著什麼呢？說到底，根本完全無法理解自己為什麼會寫出這樣的字，但是加上最近發生的不可思議現象，這或許有什麼重要的含義，於是我決定好好記起來。

然後，在我為了看黑板而抬起頭時——就和昨天一樣，腦中再次傳來了聲音。

『對不起。這與妳無關，妳只是被波及而已。但是，那又怎樣？也沒什麼關係吧？畢竟妳現在看起來很舒服地笑著啊？來吧，請再多利用那副身體吧。那樣的話他就會來的——妳「曾經」喜歡的男孩。』

當聽見這段綿長的話語時，我因為劇烈的頭痛忍不住按住了頭。

差點不禁踢到桌腳，但總算是忍了下來……只是坐在我隔壁座位的同學立刻注意到我的狀態。

「雪代？你沒事吧？」

對方擔心地問我，我立刻告訴他我沒事。

過了一陣子頭就不會痛了，但殘留在胸口的不適感依舊，我感到困擾地嘆一口氣。

即使不至於到感覺想吐，卻有一種輕飄飄的、浮在空中的奇怪感覺。

雖然我此時完全處在一個身體不舒服的狀況下，有著這種感受的同時，我找到了一個答案——看來我果然有個非想起來不可的事情。

「呼……」

我暗自深呼吸，讓自己平靜下來。

……好，感覺漸漸舒服一點了……不只是頭痛，連噁心感也減輕了，我得意地暗自竊喜。

（……是說這有什麼好竊喜的啊。）

既然都能像這樣在內心吐槽自己，肯定是沒問題了……我明明這麼以為。

當課堂結束，一進入下課時間的瞬間，我立刻趴倒在桌上。

即使頭不再痛了，原本減輕的噁心感又再次襲來。

『對不起。這與妳無關，妳只是被波及而已。但是，那又怎樣？也沒什麼關係吧？畢竟妳現在看起來很舒服地笑著啊？來吧，請再多利用那副身體吧。那樣的話他就會來的——妳「曾經」喜歡的男孩。』

然後我又聽見了那個聲音。

不只是聲音，當我閉上眼睛時，甚至看見了畫面……這到底是怎麼回事，我感到煩躁了起來。

而且不單只是因為不知道，同時還有一種似乎就快明白的感覺，所以讓我更加焦急而越發不耐煩。

「……可惡！」

即使忍不住爆了粗口，卻連自責的餘裕都沒有。

休息時間大約十分鐘……得為下一堂課做準備才行，我這麼想著並拿出課本時，聲音又再度響起。

『將她從我身邊奪走的……也許正是我自己。』

「唔！」

這次不是絢奈的聲音……這是我……？

我像剛剛一樣用手按住額頭。

雖然教室中非常喧鬧，當然還是有人注意到我看起來很難受的樣子。

「喂，雪代。我從剛才就注意到了，說真的你沒事吧？」

如在課堂中有注意到我的同學，座位離我很近的相坂……以及……

「斗和同學？你怎麼了……？」

以及絢奈也注意到了。

直到他們向我搭話前，都還沒發現兩人已經站在我的旁邊，看來我似乎已自顧不暇到這種地步了。

當我抬起頭看向站在我身旁的兩人，只見絢奈和相坂突然臉色大變……尤其是絢奈特別明顯。

「你臉色鐵青耶！」

「我們去保健室吧！」

兩個人都拉著我的手，我本來想說這點程度沒關係，但又把這句話吞了回去。

無論如何，既然都受到這麼多人的注意，我的狀態也已經被大家知道了，要是明顯看起來身體不舒服的人還繼續上課，也會讓人擔心……嗯，這麼一想也是。

既然如此那就沒辦法了，我設法站了起來，準備去保健室。

「相坂同學，我會帶斗和同學去保健室所以沒問題的喔。」

「不，還是有男生幫忙比較——」

「有我就夠了……好嗎？」

「遵命，女士！」

雖然不曉得相坂看見絢奈露出怎樣的表情，但他俐落地敬了一個禮。

那個立正不動的站姿像是受過自衛隊訓練的人……即使我並沒有加入過自衛隊，不知為何我就是想像得到。

絢奈迅速地鑽入我的懷中，用肩膀支撐住我的手臂。

「相坂同學。請幫我跟老師說，我可能也會稍微遲到一下。」

「我明白了！」

「…………」

絢奈到底是用什麼表情瞪著相坂啊……

於是我和絢奈一起離開教室，前往保健室。但老實說，我並沒有嚴重到需要她做到這種地步才能行動，所以告訴她我已經沒事了，結果絢奈像是要挫我銳氣似的開口了：

「我沒聽到喔？我們就這樣一起去保健室。」

聽到她這麼說，我放棄地點頭表示知道了。

「……謝謝。」

「不會，這是理所當然的啊。」

我們沿路受到周圍投來的好奇眼光抵達保健室，告訴老師症狀並躺到了床上。

因為猜測或許是感冒，於是老師給我了溫度計量體溫，結果體溫正常。

也有可能是因為疲勞過度，所以老師吩咐我稍微睡一下，既然都這麼說了，總之我決定先不客氣地休息了。

我躺在床上，絢奈搬了張椅子坐在我旁邊並靜靜看著我。

就如她跟相坂所說的一樣，她沒有立刻回教室，似乎是想暫時照看我。

「呼……抱歉絢奈。給妳添麻煩了。」

「請不要說什麼麻煩。只要是為了斗和同學，不管什麼我都——」

那毫無疑問是飽含絢奈慈愛之情的話語，但同時也透露出了些許擔心。

看見我不同於往常的狀態，絢奈乍看之下很冷靜，但其實她有點焦急……嗎？

雖然我這麼想，不過她的溫柔眼神還是一如往常，她握住我伸出的手，傳遞而來的溫度依舊沒變。

「……………」
被這麼做就會讓人感到安心……但是「當人身體不舒服時，精神也會變得脆弱」這件事似乎是真的，我用力地回握住絢奈的手，一邊這麼說：
「絢奈妳現在……幸福嗎？」
「……咦？」
妳幸福嗎……我為什麼現在會說出這種話呢。
她不是正笑著嗎……雖然知道她有些煩惱……但是，絢奈幸福地在我面前露出笑容……所以我明明應該知道這個問題是沒有意義的，我還是這麼問了。
「當然啊。能夠待在斗和同學的身邊，光是這樣就很幸福了。」
絢奈露出的笑容像是在說她是發自內心地如此認為。
她感到幸福對我來說當然是件很開心的事……我又如此進而追問她：
「那絢奈妳自己的幸福呢？試著撇除掉我再想想看，妳能說妳是幸福的嗎？」
「那、那是……」
不行了……眼皮好重。
直到我睡著的瞬間，絢奈都沒有回答我的問題。
她究竟露出怎樣的表情，說出怎樣的回答呢……我沒能聽見。

「……我的幸福一點也不重要。我是屬於斗和同學的……專屬於斗和同學的。只要斗和同學能得到幸福就是我的幸福。那樣……不就好了嗎？因為那就是我的生存意義。」

第5章

「八寶菜！……嗯？」

……奇怪？我起身看了看四周。

總覺得自己好像說了……雖然並不遜，但似乎很誇張的夢話並醒了過來……大概是錯覺吧。

「……莫名覺得腦袋有點輕飄飄的啊。」

有種彷彿自己還在夢中的感覺，要是有這麼真實的夢還得了，我苦笑了一下。

環視周圍，是我熟悉的家。

看了看四周……然後，看到桌上的東西而吃了一驚。

「……糟糕！」

立刻起身去拿的是一款情色遊戲。

要是被哪個家人看到的話，絕對會變成一輩子的恥辱。

「《我被奪走了一切》……真的是傳說中的神作啊。」

這個情色遊戲在我心中真的是傳說等級。

當然並不是只有我這麼覺得，所有玩過這個遊戲的人都會大大讚嘆……不，說「所有」或許是說過頭了吧。

不過，這個遊戲確實引起了高度話題，被它的故情節吸引的玩家不斷出現。

『斗和同學。』

「唔！」

突然聽到一個聲音，於是我轉身望去——然而，那裡空無一人，只有我自己的房間。

也不是會聽到幻聽的年紀……我應該沒問題吧？

懷著些許不安，將目光投向遊戲的包裝——真沒想到這個女生竟然會被睡走……映入眼簾的，是讓我產生這個想法的遊戲女主角——音無絢奈。

「絢奈……」

……說起來，剛才的聲音聽起來很像絢奈耶？

要說的話，那聲音確實讓人的內心感到平靜……甚至讓人想一直聽下去交織著慈愛與誘惑這種矛盾的聲音……不，絢奈可是我最喜歡的角色，如果是她的聲音，我會這麼想也不奇怪。

「……是說很奇怪呢……這個感覺是怎麼回事？」

我繼續看著遊戲的包裝一段時間……接著我看見了別的遊戲。

「……這個是……」

這個與我現在手裡拿著的同樣是放在桌上的遊戲，但這是《我被奪走了一切》的遊戲外傳。

本篇所沒有講述到的背後真相——劇情描寫了絢奈的復仇故事。

「…………」

我如此不發一語地啟動電腦，開啟了遊戲外傳的檔案。

像是壓抑著內心的澎湃，但又像是被一股焦躁感驅使一般，決定重玩這個外傳。

「要怎麼說，焦急地玩情色遊戲，到底是在搞什麼啊說真的。」

我如此苦笑著時，標題畫面立刻出現了。

畫面映照著在昏暗的天空下淋著雨的絢奈……她戴著與平時風格不搭的黑色兜帽，模樣與氛圍都很不尋常。

這卻非常適合絢奈。

正是那不尋常的裝束與氣氛絕妙地相稱，讓玩家對於這個外傳要揭開的祕密充滿期待。

「…………」

接著，我持續玩著遊戲外傳。

第二次……奇怪？是第二次嗎？總覺得自己已經玩了好幾次，記憶卻莫名地模糊。

即使如此，我還是繼續玩下去。

我入迷地像是要把一個個畫面都烙印在腦中一般，斗和與絢奈的性愛場景當然不用說，絢奈吐露對於修及他的家人們抱持恨意的場景，全部……全部仔細看過了。

「…………」

老實說，對遊戲畫面著迷到這種地步也是滿奇怪的。

但隨著接近結尾，我漸漸想起來了——想起發生在自己身上的事，至今為止自己身處的地方。

「啊啊……對喔。我已經……是斗和了。」

當我如此低語時，原本像是籠罩在我頭上的迷霧一口氣豁然開朗。

直到剛才我都還在學校正常地上課，但突然覺得身體不適，被絢奈帶往保健室……之後就那樣睡著了。

「……這樣的話，這就是夢了……對吧？……哈哈！」

或許是因為意識到這是個過於真實的夢，又或是因為想起了遺忘已久的事情，我忍不住乾笑出來。

當我從這個夢醒來時，想必就能回到她的身邊吧？

還是說，會因為像這樣想起全部事情，而被世界判斷為不需要的存在，然後作為修正劇情的犧牲品而被抹除呢……一想到這種恐怖的事情身體就忍不住發抖。

「搞不好……在街上或家裡看見披著黑色兜帽的絢奈，或是聽見眼神黯淡無光的她的聲音，全都是在暗示我。或許是一直在提醒我，我有必須想起來的記憶吧。」

當我一這麼想，所有事情全都串在一起了。

即使我如此回想著，手仍然沒有停止玩遊戲，直到故事劇情全部結束，迎來結局……以玩完第二次為條件才會看到的特殊畫面出現了。

朝光走去的斗和與絢奈的身影——然而途中絢奈的身影消失，只剩下斗和留在那裡。光芒消逝，轉為黑暗……那段文字浮現出來。

「將她從我身邊奪走的……也許正是我自己。」

以某種意義上來說確實如此，我同意地點頭。

嚴格來說這並不是斗和的錯，說到底是因為在折磨斗和的人們影響下，導致絢奈累積了負面情感。

斗和直到最後的最後都沒有注意到，她為了完成復仇而逐漸壞掉……因此，這是假設如果斗和在事後得知真相後，心中所產生的吶喊。

「絢奈她……真的非常喜歡斗和。喜歡到情不自禁、無以復加，正因為發自內心愛著他，所以才沒辦法原諒使斗和受苦的那些人。」

我往後將背靠向椅背，吐一了口氣。

當閉上雙眼集中思緒時，那個對我笑著的女孩……絢奈的笑容閃現在我腦中。

「絢奈妳……這不是背負著超級沉重的東西嗎。」

雖然我原本就知道絢奈心中似乎有某些煩惱……但是，只要一想到要是我沒有想起這些事，那該會有多麼可怕。

當然無法保證事情會完全像遊戲一樣發展，但只要對照過去所發生的事，也有很多值得思考的部分。

「……這樣啊。『妳和伊織她們好像玩得很開心』……當我這麼說的時候，她的樣子有點奇怪，也是這個原因吧。」

伊織和真理都不是絢奈所針對的復仇對象，頂多是為了把修打入更深的絕望而準備的犧牲品，對絢奈而言，應該沒有其他更多的想法了。

但情況卻非如此——絢奈就像普通的女生一樣，在和兩人聊天、玩鬧中感到開心。

當我指出這一點時，絢奈得知了自己心中的感情，而她認為不該如此，因而做出了那樣的反應，我想事情大概是這麼一回事吧。

「……絢奈……音無絢奈……嗎。」

如果我只是個普通玩家，又沒有實際經歷過轉生，也不會像這樣深入思考她的事。

這也是理所當然的吧……因為她就在我的面前，真正地與我互相觸碰彼此。

『斗和同學。』

『斗和同學！』

『斗和同學……』

『斗和同學♪』

我腦裡浮現出她的各種表情。

……啊啊，我真的超想見到她……而且更重要的是，我得和她……好好聊聊才行。

實際上，如果不是像這樣借助夢境的力量，而是靠自己想起來並和絢奈談話，應該會比較帥吧，但這也是沒辦法的事。

「再看一次那個場景吧。」

因為回到了標題畫面，所以我再次操作滑鼠，從畫廊進入場景鑑賞，點擊了結局的前一個場景。

播放著情色遊戲，或說是這種遊戲中不常出現的影片，披著黑色兜帽的絢奈來到了一座公園——這公園是過去絢奈與斗和相遇的地方，絢奈的時間是從這裡開始的。

『當一切都結束後，感覺有點沒勁呢……大～～家都不見了。』

也不介意弄髒外套，絢奈背靠著濕掉的樹幹。

她的復仇已經結束，修、琴音和初音……還有伊織及真理在故事上的任務都已經結束了，所以絢奈說的話毫無虛假。

『……這樣就全都結束了……呵呵，你們活該。』

她像這樣口無遮攔地說道。

不知道是因為被雨淋濕，又或者並非如此。我在想，復仇結束的她內心變得殘破不堪，臉上所流淌的雨水，或許其實是無意識流下的淚水吧。

『回到斗和同學的身邊吧。這下就沒有任何人會傷害斗和同學了……這下終於得到斗和同學不會被任何人傷害的日子了。然後，只有我會繼續在他身邊支持他……那絕對會是幸福的日子。』

每個人所認為的幸福有千差萬別，絢奈因為達成了目的，深信幸福一定會來臨……她絕對不會表現在表情上，也不會展現在態度上。她已經下定決心，要在斗和身旁傾盡心力直到最後。

「我經常在想，如果我是斗和……不，雖然是不公平的伎倆，但要是知道這件事的話，我能為她做些什麼呢。」

若是看到這種結局……正因為如此變得超級喜歡絢奈的人，要怎麼做才能導向讓她能夠真心露出笑容的未來呢？我也回想起自己曾經一直在思考這件事。

「這不過都是自我滿足罷了。但是……我絕對不想讓她走向這樣的未來。」

我用力握緊拳頭。

在故事中，斗和什麼都不知道，絢奈也不讓斗和發現任何事……這也意味著，絢奈獨自一人承受這個真相活下去。

無法讓誰分擔，也無法與誰商量……正因如此，持續的忍耐讓絢奈的心變得更加殘破。

「不管怎麼想，這未免也太痛苦了吧。」

畢竟藉由復仇可以讓心情變得舒坦，而我也不能直接質問絢奈，所以無法了解她的真正想法……但是，我無論如何也無法忘記，絢奈在雨下個不停的公園中痛苦的表情。

「幸福與痛苦……日文漢字長得很像，意思卻徹底不同呢。」

我想著這種理所當然的事情苦笑著，然後用力拍了自己的雙頰。

花了好長時間才想起來……不，以時長來講算是短的吧？不過我絕對不會再忘記。我全都想起來了！

「我不知道該怎麼改變。但是與其沒做而後悔，做了才後悔絕對比較好。而且已經有一些事情改變了啊。」

透過玩遊戲外傳，包含絢奈的回想，讓我得知很多事情。其中很重要的一點是，與修、伊織及真理一起工作的那段時間，以及遇到星奈阿姨的事情……這些全都是原本不存在的事件。

由此可以看出，一個小小的行動就能輕易改變劇情的發展，她們並不是依照設計好的路線行動的程式——這是絢奈她們在現實中活著的證據。

「……說是這麼說，但我要怎麼從夢裡醒來啊？」

在懷念的自己過去的房間內，我如此低聲說道。

從來沒有想過，自己有一天竟然會煩惱該怎麼從夢裡醒來……但這真的挺讓人困擾的。

我關掉電腦的電源，從椅子上站起來，先環視了周遭一圈。

「是說……我是怎麼轉生的啊？」

既然轉生就代表我前世已經死了……仔細想想，我連自己是怎麼死的都不曉得……當我這麼想的一瞬間，眼前出現了鋼筋從我頭上落下的幻覺。但事到如今，就算再思考這件事也沒有用。

就在我想著這些事情的時候——周遭的景象突然改變，我不再身處自己的房間，而是置身徹底的黑暗之中。

這裡……是哪裡？

「怎麼回事……？」

一片漆黑……真的什麼也看不見。

即使伸出手什麼也碰不到，能聽到像是回音的聲音，讓人覺得不太舒服……但奇怪的是我並不覺得可怕。

「……有人……在嗎？」

我這麼小聲地說了之後，當然沒有得到任何回應……原本是這麼想的，沒想到竟然有人回話，我全身劇烈地顫抖了一下。

「有啊？」

「是誰！」

我猛然回過頭，那裡有一個男生。

……然而，我對剛剛聽到的聲音有印象……因為剛剛的聲音是……不，這傢伙該不會是……？

「啊……你是——」

「哈哈，真是不可思議呢……跟長得和自己一樣的人說話。」

我想我現在恐怕是超乎想像地震驚。

雖然自己這麼說也有點奇怪，不過這樣的相遇，原本就是絕對不可能發生的。

「……斗和？」

「是啊……應該是第一次像這樣見面吧？」

雪代斗和——被認為是把絢奈從修身邊奪走的人，實際上對她一心一意……並且被我頂替的存在，此時就在那裡。

「…………」

看著站在面前的他，我只能目瞪口呆。

雖說自從變成斗和，不論是照鏡子或任何時刻我一直都是這張臉，但像這樣面對面，還是理解到他不是我，而是另一個人。

我一明白後，自然而然地說出了這樣的話：

「……對不起。我把你的人生——」

我向他道歉……但是，在我說出「奪走了」之前，他……斗和把手放在我的肩上，不讓我繼續說下去。

我抬起原本低著的頭，看見斗和在笑。

「你完全不需要跟我道歉喔。因為在某種意義上，你來到這個世界對我來說，也算是如願以償。」

「那是……什麼意思？」

我變成斗和又奪走了他的人生，對他來說算是如願以償……？

不明白斗和究竟想要說什麼，此時的他露出了「也難怪你不懂」的苦笑並繼續說：

「有很多事情，是在一切都結束後才發現的。我從中得知的是，絢奈一直都很痛苦。雖然她在我面前表現得很正常，但她偶爾會露出憂鬱的表情。問她怎麼了，她也不說，結果她直到最後都沒告訴我。」

「那是……咦，奇怪？」

對於斗和所說的話感到些許異樣，以及當我盯著他看的時候，也有一股不對勁的感覺。

站在我面前的人確實是斗和——然而，看起來卻有種老成的感覺。

感覺好像比高中的斗和年長了幾歲……一想到這個可能性，我便開口問他：

「你該不會……是未來的斗和？」

斗和點了點頭。

「沒錯……我就是愚蠢得沒有注意到絢奈內心的黑暗，傷害了她的笨蛋斗和喔。」

這麼說著的他，用力握緊拳頭，看起來很後悔。

然而關於這一點，老實說我現在認為那也是沒辦法的事……雖然我有一定程度地深入她的內心，但我眼前的斗和原本就不知道這個世界的事，加上絢奈真的非常擅長隱藏她真正的想法。

「我……沒辦法拯救絢奈。不管我有沒有注意到，在我身邊的她都已經把一切結束了。一邊磨損自己的心，一邊安慰自己那都是為了我……她的心就這樣壞掉了。因為她……絢奈就是那麼溫柔的女孩。」

此時斗和停頓一下，吐了一口氣後，繼續說道：

「我大概是在心裡期望著吧。期望能夠拯救絢奈的人……能夠守護絢奈內心的人出現。」

斗和凝視著我如此說道。

他的意思是我就是那個人？這個責任相當重大啊，我嘆了口氣……不過，原來如此啊。

知道未來並希望能做些什麼的我，以及對過去感到悔恨，渴望有誰能來拯救絢奈的斗和……正是在我們兩人想法的重疊下，才會變成現在這樣。

「雖然會覺得怎麼會有這麼剛好的事，但實際上我現在就變成你了呢。」

「我也一樣啊。雖然這樣說挺不甘心的，但在現在這個階段，就已經和我當時不同了，絢奈的內心有破綻——她肯定能夠得救。」

能夠得救，這句話從斗和口中說出，聽起來特別讓人感到安心。

這次換我用力握緊拳頭。

「我不覺得我能為絢奈做什麼特別的事情。我能做到的，就只有認真面對她，和她對話而已。」

「那樣就好了。因為我當時連這一點都做不到……」

然後斗和低下了頭。

……這個感覺該怎麼說呢……一個帥哥在自己面前一直表現得扭扭捏捏、哭哭啼啼的，讓人感到煩躁。

覺得有一點不爽的我，相當用力地打了他的背一下。

發出一聲「啪」的痛快聲響，斗和痛到叫了出來。

「啊好痛！」

「不要一臉陰沉！真討厭，在旁邊一直看到你那個表情。」

或許會被認為我占據了人家的身體還在說些什麼，但這個跟那個是兩回事。

「請幫助絢奈，好的，太好了，可喜可賀、可喜可賀……才不會那麼順利呢。這個世界已經不是遊戲了，也不存在被設定好的結局。修的家人之類的，尤其是星奈阿姨，還有很多事要解決喔？」

「那個……嗯，加油。」

「別說得事不關己啊！」

我又重重「啪」地打了他一下。

「我一直在說我只是想幫助絢奈……但假如局面產生變化，也不確定自己的意識是否會繼續存在。」

「那一點你不用擔心喔。你應該也注意到了——在靈魂的混合下，你對於以斗和的身分活著的這件事已經沒有異樣感了……也就是說，活在這個世界的你也已經是你自己了。所以你不需要對現狀產生罪惡感，也不需要像剛才那樣跟我道歉喔。」

他拍拍我的肩膀這麼說著。

我凝視著斗和一會兒，感受到他的話語非常坦率……正因如此，我也用力點了點頭表示明白。

「不過，結果還有很多沒處理的問題……那些都要交給你了吧？」

「…………」

看著迅速移開目光的斗和，我舉起拳頭說著：「這樣啊、這樣啊。」好不容易才忍著把手放下。

斗和看著我，像是在說即使揍他，他也無話可說，不過就算揍了他什麼也不會改變，說到底，如果我揍他也只是搞錯事情重點。

「……嗯？該不會——」

這時候，我提出了一個因為像這樣和他見面而產生的疑問。

「我啊，有時候會看到一些奇怪的景象……一直以為那是我的記憶為了讓我回想起來而讓我看見的東西，但是……難道是斗和你做的？」

「不，那件事與我無關喔。是因為你知道絢奈將會步向的未來，而想要拯救她的那份感情，才讓你看見那些景象的。」

這樣的話，我就能真心覺得自己的感情也不是毫無用處了，雖然在之前的世界或許會被嘲笑，但在這裡的話，我可以對此擁有自信。

「就算說只要直接和絢奈對話……但該怎麼做好呢？」

看著煩惱的我，斗和笑著……這臭傢伙，是覺得接下來都讓我看著辦，所以自己一派輕鬆吧？

「你不要那樣瞪我嘛。我把自己絕對做不到的事情託付給你，我也很不甘心啊。」

那……是說，要是我現在還感到失落，也只會讓斗和感到為難。

之後，我跟斗和繼續交談了一陣子，黑暗中有光線照了進來——看來分別的時刻似乎來臨了。

「沒問題的。我雖然也並不打算輸，而且如此為絢奈著想的你，肯定能夠導向最棒的未來——加油啊，雪代斗和。」

「斗和……好！我知道了！」

以斗和互相稱呼彼此的景象雖然挺有趣的，不過我有一種預感——雖然這是夢，但我覺得我不會再見到他了。

這麼想著，我也不感到寂寞或悲傷……啊啊，真是奇妙的心情。

我好像跟斗和更加混合在一起了……彷彿隱約告訴我，不用再為了自己變成斗和這件事煩惱了。

「看樣子完全沒問題呢。說起來我們本來就……不，就讓我說一件事吧，或許能稍微幫上你喔。」

「哦，什麼事？」

他要告訴我什麼有用的情報呢……我專心傾聽斗和所說的話。

「你應該已經知道，我以前是真心喜歡足球對吧？」

「知道。在我的記憶也好，身體或心裡也好，全都深刻地記得喔？」

「我希望你能讓她看到你踢足球的樣子。我希望絢奈因為那場意外而停止的時間，能夠繼續轉動——不需要被囚禁在過去，希望她能往前邁進——」

說到這裡，斗和突然驚訝了一下並苦笑，一邊搔著頭繼續說：

「抱歉……這或許是我的願望吧。說出來後才察覺到。」

「……不，考慮到以前的絢奈，這樣或許不錯……不對，是絕對很好。不要被囚禁在過去，要往前邁進……吧？不是說得很好嗎？」

不要被囚禁在過去……往前邁進……嗯。真的說得很好。

但是……唯有一件事我感到很不安喔？我也像剛才的斗和一樣，一邊無奈地搔著頭，一邊說出了我的不安：

「那個……雖然在認同了你的提議後才說有點抱歉，但是，我可沒有踢過足球喔？」

「那一點應該也沒問題。我想身體應該記得。」

「哦……還真方便啊。」

留在身體的記憶真是厲害啊……

就在我們對談之間，周遭變得相當明亮，斗和的身體也逐漸透明……看來分別的時刻真的到了。

「那麼就這樣啦——絢奈拜託你了。」

「交給我吧……還有，其他事情我也會盡力努力看看的。要是救得了絢奈，伊織或真理她們應該也會沒事……關於修，我也打算做個了斷。琴音跟初音阿姨有點恐怖就是了啦！」

無論如何，首先是絢奈——我會盡我的全力，守護她的心給你看。

聽到我的決心後，斗和滿足地微笑點頭……然後在最後，像一開始一樣拍了拍我的肩膀。

「看見你之後，我也覺得自己能努力了啊。我也會在自己力所能及的範圍內，好好支持壞掉的她。」

「……那是……」

什麼意思？在我問出口前，斗和的身影就消失了。

不過直到最後，他的話語傳到了我的耳中。

「祝你能得到讓你滿意的結局……還有最後，謝謝你——」

然後，我從與斗和的相遇中醒了過來。

▽▼

「……斗和同學，狀態看起來穩定許多了呢。」

躺床上睡覺的斗和同學，現在已經沒有剛才的痛苦模樣了。

我對此放下心來，看向時鐘，自開始上課已經過了二十分鐘，結果我就像和相坂同學說的一樣沒回教室呢，我苦笑著。

「真是感謝老師呢。本來應該是會叫我回教室的……」

斗和同學一躺下來就立刻陷入了熟睡。

原本打算在確認他的狀態後就要回教室，但是斗和同學握著我的手不放……當我不知如何是好的時候，保健室老師向我提出令人感激的提議。

『本來我不應該提出這樣的提案，不過妳就蹺一堂課……不、妳就照看一下雪代同學怎麼樣？這節是什麼課？』

『英語課。』

『英語的話是那個老師吧。我去跟他說吧。』

有這樣的一番對話，於是我得以在斗和同學身邊照看他。

「…………」

不過……真的幸好沒發生什麼事。

我看著臉色好轉的斗和同學安穩的睡臉……平常他總是很帥氣，但此時這個天真無邪的睡臉果然好可愛，太棒了。

「呵呵♪」

在這個時間其他人都在上課，我卻和最喜歡的人一起遠離課堂，對此我感到有些情緒高漲……唉～～我真是個糟糕的女生啊。

然後我又繼續看著斗和同學的臉一陣子。

只是一邊凝視著他的臉並握著他的手……對此感到幸福的同時，擾亂內心的話語在我腦中響起。

『絢奈妳現在……幸福嗎？』

是斗和同學問我的問題。

我很幸福……當然很幸福……能夠待在他的身邊，此刻能像這樣實際經歷著這件事的我，明明不可能覺得不幸福……為什麼你要問我這種問題呢？

我的手指出力，用力握緊他的手，接著回過神來趕緊放鬆力道。

「唔……我很幸福啊。我當然只能覺得幸福了不是嗎……所以我想要讓你變得更幸福。我要讓任何傷害你的人都消失……」

為此……我要……！

這時候我吐了一口氣，環視四周。

老師因為有事而離開座位，也沒有其他身體不適的學生，現在就只有我和斗和同學兩人。

「不行呢。都是因為想了負面的事情才會感到沮喪！現在我要好好欣賞斗和同學的可愛睡臉！」

只要看著最喜歡的人，心情就會平復下來……或許是因為這樣，似乎是受到睡著的斗和同學的影響，我也開始想睡了。

雖然我掩著嘴努力壓抑哈欠，睡意卻極為強烈。

「……反正這個時間我也不打算回教室了……沒關係吧。」

我一邊想著自己平常明明不會這樣，即使忍耐著，卻越發昏昏欲睡，開始點起頭來……

我坐在舒適的椅子上，把重心向後靠到椅背上，閉上了眼睛。

▽▼

「……咦？」

我應該睡在斗和同學的旁邊，回過神來，卻身處在奇怪的地方。

在這個黑暗並且視野模糊的空間裡……沒有因為不知道自己身在何處而陷入恐慌，我立刻意識到這是一場夢。

「夢……黑暗的空間……呵呵，就好像表現出我的內心一樣呢。」

如此說完我嚇了一跳。

為什麼會用這麼昏暗的空間來形容自己的內心呢……如果要描述自己的內心，應該會比這個空間更明亮……因為那應該是我傳達給斗和同學的幸福顏色。

「……感覺真不愉快啊。這個夢是怎樣——」

此時的我，肯定露出了不能讓其他人……尤其是不能讓斗和同學看見的表情。

我快要忍不住咂嘴……不，我已經咂嘴了。

「嘖」的響亮聲音，不知道是否成為某種信號，原本黑暗的空間產生了變化——有個東西抓住了我的腳。

「……咦？」

那是一位女性……我對她的臉有印象。

她就像從沼澤中爬出來似的……抓住我的腳的人是——

「……本条學姊？」

沒錯，那個人是本条伊織。

她的模樣與平常儀容講究的樣子相去甚遠，衣服髒了，頭髮也亂七八糟的……身上甚至散發異味，讓人懷疑這真的是她嗎？

「妳是怎麼回事……唔……奇怪？感覺……有點成熟？」

另一點讓我注意到的是，她比我所知道的本条學姊還要年長。

在這樣奇怪又不舒服的夢中，特地讓我看見比現在還年長的她，究竟是……就在我這麼想的時候──她……本条學姊瞪著我開口了：

「妳是絕對不會得到幸福的……絕對！」

「……啥？」

我不會得到幸福……？

這個人到底在說什麼啊……我的幸福是次要的……只要斗和同學能得到幸福就好了啊。

因此就算有誰說我不會得到幸福，我也不痛不癢……我這麼想著，因為是在夢裡，我正打算狠踩她的頭，就在這個時候……

『將她從我身邊奪走的……也許正是我自己。』

「……咦？」

才想說抓著我的腳的本条學姊怎麼消失了，這次從背後傳來了他的聲音。

在這個黑暗中，他的聲音治癒了我的心，就像希望的光芒照向我一般……我立刻轉過身，他果然就在那裡。

「斗和同學！」

當我跑過去向他伸出手時，不知道為何，我又將手收了回來。

不知為何……但是，就那麼一瞬間，莫名覺得眼前這個人並不是斗和同學。

（不，不對……雖然他是斗和同學，但好像不是我想親近的那個他……這股異樣的感覺是怎麼回事——）

背對著我的他……毫無疑問是斗和同學。

可是為什麼我會拿眼前的他，和平常在我身邊的他做比較呢……當我想著這些莫名其妙的事情時，斗和同學轉了過來。

「啊……」

轉過身來的斗和同學確實是斗和同學……但斗和同學的表情看起來就像是內心隨時要崩潰一般痛苦不已。

……為什麼，你為什麼會露出那種表情呢？為什麼露出看起來那麼想哭的表情呢？

「斗和同學……！」

我都知道……這是一場夢，也知道眼前的人不是我身邊的斗和同學。

就算如此……依然忍不住伸出手……因為我在世界上最不想看到的，就是斗和同學悲傷的樣子！

我不想再看見你這種模樣……躺在床上流淚，懷著悲傷度日的那個表情，我不想再看見了！

「斗和同學……？」

我拚命伸出手卻撲了個空，斗和同學的身影消失了——但是，只有他的聲音依然傳到我耳中。

『她……絢奈是為了我而行動的。她扼殺了自己的心……拚命地無視受傷的自己。』

「怦咚！」我的心臟劇烈地跳了一下。

斗和同學消失了，取而代之的是一段影像……那就像是在播放未來的景象一般，與修同學有著親密關係的女性們，她們的身體遭受蹂躪的畫面——這些全部都是我想著絕對要做的事情。

初音阿姨或琴音就不說了，但關於本条學姊和真理，完全就是為了要讓修同學感到絕望而……

「為什麼……」

我用手按住突然感到疼痛的胸口。

不愉快……不愉快不愉快不愉快不愉快……我不想看也不想聽……然而我卻一直能聽到斗和同學的聲音。

『真正意義上奪走了溫柔的絢奈的人正是我自己。我要是早一點發現的話……要是我多和絢奈聊聊就好了……可惡……可惡！』

「不……不要……！」

算我求求你，不要在說出我的名字時感到如此悲傷……這樣不就顯得我打算要做的事情傷害了斗和同學嗎！

想到這裡，我睜大眼睛驚覺過來。

「這樣下去……斗和同學無法得到幸福……？是我讓斗和同學變成這樣的嗎？是我讓斗和同學感到悲傷的嗎……？」

斗和同學很溫柔……正因為如此，我絕對不能告訴他我打算做的事。

我要在不被他察覺的情況下結束一切……這樣就不會再有傷害斗和同學的人了，也能排除掉讓我感到厭煩的人。

但是周圍的變化是沒辦法全部掩飾的，所以那時候我要好好陪在斗和同學身邊就好……給予他幸福的夢，讓他忘記那些事情就好了，我明明是這麼想的……為什麼要讓我看見這種景象？

「……就算……就算這樣我也……！」

雙手壓著頭，掙扎著說出「就算這樣」的時候，我突然注意到了。

該不會比起斗和同學的幸福，我其實不過是想宣洩自己對傷害斗和同學的那些人所抱持的憎恨……我不禁這麼想著。

只是為了斗和同學而行動……真的是這樣嗎？

我難道不是為了讓自己心中的恨意一掃而空，而把斗和同學的事情當作免死金牌而已嗎……想到這裡的時候，我醒了過來。

「……唔。」

「哎呀，醒來啦？」

「老師……？」

老師向醒來的我搭話。

可能因為剛醒來，頭還有一點昏沉，但當我見到看著我的老師，以及還在床上睡覺的斗和同學，我就完全清醒了。

「我說音無同學？妳現在的臉色不太好看耶？」

「呃……我完全沒事。那個……只是作了個討厭的夢。」

「這樣啊？嗯～～音無同學妳這麼說的話，應該就不用擔心吧。」

老師這麼說完，探頭看著斗和同學的臉。

「雪代同學的臉色也恢復得差不多了。或許只是單純睡眠不足吧？是因為很晚睡嗎，或是睡前做了什麼運動吧。」

「……啊。」

一聽到睡前運動，心裡有數的我心想著「不會吧」而發出了聲音。

幸好老師非常認真在觀察斗和同學的狀態，沒有注意到我的聲音。

確認一下時鐘，得知我們大概睡了五十分鐘。

「課堂……正好快要結束了呢。」

「是啊。很快就要打鐘了，音無同學妳就回教室去吧。」

「我知道了。斗和同學就麻煩老師了。」

「交給我吧。」

斗和同學，請快點恢復健康吧？請讓我看到平常充滿活力的樣子，讓我放心。

「……那麼我先離開了。」

其實我還想待在他的身旁，但這也沒辦法。

離開保健室後，我直接前往教室——在那期間，我的腦中充斥著斗和同學的事情，以及……那個夢境。

「……為什麼我會記得這麼清楚啊？」

夢裡的內容我全都記得。

那個夢稱不上是一個好夢，甚至讓我覺得……要是可以全部忘掉就好了。

在我走在走廊的時候，課堂結束的鐘聲響起了。

一進到教室，朋友們上前詢問斗和同學的狀況，我於是說他睡得很熟。

「這樣啊？太好了。」

「雪代同學要是有什麼事的話，絢奈可要哭了呢！」

「呵呵，讓大家擔心了。」

在朋友們之後，相坂同學也來找我，問我斗和同學的事。

「雖然我剛才聽到了，不過幸好雪代沒事呢。」

「是的。也讓相坂同學擔心了呢。」

這麼說起來……雖然我當時沒意識到，但我現在想起自己或許對相坂同學講了有點重的話。

或許我露出了蠻可怕的表情吧……？

不過，這也表示我當時就是那麼拚命。

「絢奈。」

「…………」

在相坂同學回座位以後，他果然……修同學果然也過來了。
「斗和沒事吧？」
「是的。完全不需要擔心喔。」
我這麼說完，修同學很明顯地放下心來。
話說回來，斗和同學像這樣被這麼多人擔心……他的人品果然好到如此受歡迎，這麼一想，就像是自己的事情一樣開心了起來。
「我、我說絢奈。」
「什麼事？」
我因為心裡想的事情而微微露出笑容，修同學一副害羞的樣子搔了搔臉頰。
之後他沉默了一段時間，然後搖了搖頭說沒什麼事。
「抱歉啊。啊不過對了！昨天晚上，謝謝妳接電話。我很高興喔。」
「啊～～那件事情嗎。那沒什麼喔。」
「晚上聽到絢奈的聲音，果然能睡得很舒服啊。不曉得是不是因為我一直都在聽著絢奈的聲音呢？」
「這個嘛，或許吧？」
老實說，我忍不住對這種無關緊要的對話敷衍了事。

因為從剛才開始，不只是跟修同學，和相坂同學或朋友們說話時，我一直在想著那個夢的事情。

修同學似乎是對我那樣的回應感到不太滿意，於是這麼說：

「絢奈妳啊……太擔心斗和了啦。絢奈妳應該不用做到那種地步吧？」

「……你想說什麼？」

我的聲音低沉到連自己都嚇了一跳。

修同學的肩膀抖了一下，說「什麼也沒有」以後，就像逃跑似的離開了。

「…………」

不管修同學怎麼想，或是他逃走的事，老實說真的都無所謂。

之後，就算開始上課了，我也完全沒辦法集中注意力……腦中的那個聲音一直、一直持續響起。

『她……絢奈是為了我而行動的。她扼殺了自己的心……拚命無視受傷的自己。』

我一次又一次，一次又一次、一次又一次地聽見斗和同學的聲音。

沒必要去在意……那種莫名其妙的夢，明明不去理會就好了……即使如此，我最喜歡的人的聲音還是持續迴盪著。

（我打算要做的事情……是不該做的事嗎？那些對斗和同學說了過分話語的人，我不該折磨他們嗎……？因為要是有他們在的話，斗和同學以後會變得更痛苦不是嗎……！）

我從那個時候開始，從斗和同學在病房裡哭的那天起就下定決心了。

原本打算讓那些傷害了斗和同學的傢伙們……就算波及到無關的人也要結束一切……但如果我的行動會傷害到斗和同學的話，我到底是為了什麼而準備至今？

為了所愛之人而把阻撓都清除掉……要是那樣在未來反而會讓所愛之人痛苦的這件事，讓我不知道自己到底該怎麼辦才好。

幫幫我啊斗和同學……我無意識地在心中低語著，極度渴望能得到斗和同學的安慰。

第6章

「……絢奈？」
我突然醒來，坐起身的時候叫了她的名字。
不知道為什麼，但我覺得她好像在向我呼救……感覺她似乎對我說「幫幫我」。
不過迎接我醒來的人不是絢奈而是老師。
「哎呀，不是音無同學讓你很失望嗎？」
「呃……也不是那樣。」
「呵呵，開玩笑的啦。不過看來你身體好多了吧？臉色比你剛來的時候好多了。」
「或許是累積了不少疲勞吧。如老師所見，我已經沒事了。」
我擺出展現二頭肌的動作，讓老師噗嗤一笑。
只是我一看時鐘感到驚愕不已——因為我來到保健室已經過了好幾個小時，現在已是午休時間了。
「我睡了相當久呢。」

「每次偷瞄都可以看見可愛的睡臉，所以對我來說也很療癒喔？還有，你要記得跟音無同學道謝，趕快讓她看見你恢復精神的樣子，好讓她安心。因為她每節下課都來看你。」

「我知道了。」

絢奈她……畢竟我的確是突然身體不適，看來我讓她相當擔心呢。

再次向老師低頭道謝後，準備從保健室離開，就在那時候……

當我的手碰到門的瞬間，門喀的一聲打開了。

「啊……」

「啊……」

兩個人都嚇了一跳，互相看著對方，僵在原地。

打開門出現的是絢奈——雖然才剛午休，但她似乎在吃午餐之前就來查看我的狀態。

「斗和同學！」

「哎呀。」

咚的一聲，她用如此強烈的力道抱向我。

儘管我感受到老師在後方賊賊笑著，還是把手放在絢奈的肩膀上，這時她抬起頭來，我注意到一件事。

「絢奈……發生了什麼事嗎？」

當我這麼問，絢奈睜大眼睛。

看到她的反應，就能明白確實發生了某些事，但我也隱約察覺她接下來著會說的話。

我想她恐怕會這麼說——什麼也沒有。

「呵呵，什麼也沒有喔？我只是太擔心斗和同學而已♪」

得到預期中的回答，反而一點也不驚訝，但她最後對我露出的笑容，讓我察覺到她在逞強。

（……這就是斗和所說的，絢奈內心的破綻……是吧？反正，不管怎樣我都要好好和絢奈聊聊。）

在夢中見到斗和以及和他的對話，我全都記得。

雖然也無法徹底排除那其實只是一場夢、只是我的妄想的可能性，但都到了這個地步，我能夠確信不是那樣。

「你們兩個，打情罵俏是沒有關係，但要好好吃午餐喔～～？」

「啊，好的。」

「對不起。」

抱在一起的我們立刻分開來，離開了保健室。

畢竟是在學校的走廊，絢奈並沒有太大的動作，但只要我看向她，就會對上她時不時瞥向我的眼神，然後我們便會不約而同地露出微笑。

沒錯……我要守護這個笑容。

絕非逞強的笑容，也不是為了隱藏什麼而戴上面具般的笑容，從今以後我也要一直守護這個純粹的笑容……為此，我得和絢奈聊聊才行。

「我說絢奈，今天放學後妳能給我一點時間嗎？」

「當然沒問題喔？如果是為了斗和同學，不管要給你多少時間都可以♪」

「哈哈，謝謝妳，絢奈。」

我順利和絢奈約好了放學後的時間，然後回到了教室。

一回到教室，好幾個同學過來向我搭話，對於讓他們擔心而感到抱歉的同時，也因為有這麼多人擔心我而感到高興。

相坂理所當然地過來了，修也向我搭話。

只是……絢奈似乎對修投以些許瞪視的表情，讓我有點介意，但我什麼也沒問她。

「哦，雪代回來了啊。聽說你身體不舒服，我很擔心你喔？」

「我已經沒事了！」

「好我知道了。我今天不會點你的，你就放輕鬆上課吧。」

哎呀，這不就是在說即使我睡覺也沒關係嗎……我這麼想著，然後又立刻吐槽自己怎麼可能會有那種事。

我和老師的對話讓班上同學輕聲笑著，然後就一如往常地開始上課了。

（……果然只要這樣沉浸在思緒中，就能夠思考很多事情。看來我現在更加與斗和的靈魂混合在一起了呢。）

雖然先前作為斗和活著的這件事已經沒有不適應的感覺，但是……就像斗和在夢裡告訴我的，我已經幾乎完全以斗和的形式在這個世界穩定下來了。

搞不好，那個夢境裡的相遇，說不定推了我最後一把。

當我從夢裡醒來的時候，我還有一點擔心自己會不會再次變回斗和的意識，但那完全是杞人憂天……接下來我只要努力導向最好的未來就可以了。

（為了向前邁進，為了把我和絢奈曖昧的關係弄清楚……你會幫我的吧，斗和。）

至少，這樣的拜託是無妨的吧？

儘管我的聲音或許已經無法傳達給他，隱約覺得胸口似乎湧出一陣暖意，於是我安心地輕聲笑了出來。

然後一轉眼就到了放學。

當我整理好東西，伊織出現在教室把修帶走的同時，絢奈拿著書包走過來了。

「絢奈，四點半左右來那個公園。」

「那個公園……我知道了。那個，不是約會對吧？」

「啊哈哈，抱歉啊，無法依照妳的期待。」

「沒有那種事啦。那麼，我會在那個時間過去喔。」

「麻煩妳了。」

我目送著絢奈揮手離開教室的背影，吐出一口氣。

在這樣做好約定的情況下就逃不掉了吧……說起來原本也沒有逃跑的打算，而且這次一定要和絢奈好好聊聊，這個決心是不會動搖的。

去了一趟廁所後，我離開學校直接回家了。

把書包放在客廳的沙發上，走向冰箱，拿了寶特瓶裝的果汁來喝。

「……噗哈！」

在喉嚨被滋潤的同時身體受到冰涼的刺激，感覺非常舒服。

看了一下時鐘，確認時間還非常充裕以後，我走向雜物間。

「哦……還以為會積滿灰塵很髒，結果還挺乾淨的呢。是媽媽打掃得很勤快吧。」

因為平常基本上不會來這裡，因此我做好了會有一定程度的髒汙與灰塵的心理準備，結果比想像中還要乾淨。

不論是雜物間的存在本身，或是什麼東西放在什麼地方，我原本都不曉得。

但是，正因為當我和斗和的聯繫真正變強以後，也進而知道了這些事情。

「啊，找到了。」

現在我在找的東西──是足球。

「嗨，夥伴。我把你丟在這裡相當久了呢。」

在夢裡我也和斗和說過了，我幾乎沒有踢足球的經驗……但是，像這樣把球拿在手中，就感覺它是陪伴我多年的戰友，真是不可思議。

「那麼就出發吧。」

最後又用力握了一下拳提振氣勢，然後出了家門。

我把足球抱在腋下走路的這段時間，冷靜到連自己都感到驚訝，絲毫不覺得緊張。

「…………」

不對，說絲毫不緊張或許是假的。

不過我也只是做我能做到的事而已──為了消除絢奈內心的陰影，為了結束與她至今為止模稜兩可的關係，讓彼此都能在真正意義上地向前邁進……為了兩人能夠一起跨出這一步，我前往公園。

一陣子後我抵達了公園。

雖然是還不到五點的時段，唯獨今天完全沒有其他人，頂多只有走在公園外道的人影。

我把帶來的足球放在草叢，再次為了讓心情平靜而深呼吸並看著公園。

「……斗和的……不，是我們的開始的地方。」

當我閉上眼睛，就像是昨天的事情般……正因為自己就是斗和，所以能夠回想起。

某個假日，因為待在家很無聊，於是決定去認識的大叔經營的遊戲中心——然後在經過這個公園的時候與絢奈相遇了。

『妳一個人在做什麼？眼睛超紅的耶……妳在哭嗎？』

我這麼說完，看見抬起頭來的絢奈時，我們的時間就此開始了。

雖然那個時候還不懂，但到了現在我就明白了。

「……我從那時候起就喜歡了呢……喜歡上絢奈。」

這是類似一見鍾情的感覺嗎？雖然也覺得有點不同，但某種意義來說，以那種方式與絢奈相遇也可以說是一種命運吧。

「從那時候起，我們真的好幾年來都一直在一起呢……不管什麼時候，這個女生都一直陪在我身邊。」

不管什麼時候，絢奈都在我身邊。
至今為止也好……正因為從今以後我也希望能繼續下去，並且向前邁進，因此我安排了這段與絢奈相處的時間。
「還要再一下子嗎……」
再一下子就到碰面的時間了……我拿起手機，撥打電話。
『喂？』
「喂？」
『斗和？』
我打電話的對象是修，雖然沒有特別要跟他說的事……但是，唯有這件事想在現在就告訴他。
「抱歉修。那時候的約定，我要收回——我喜歡絢奈。」
『……咦？等等，斗和——』
我沒等他繼續往下說就掛斷電話，這時候，我等的人正好出現了。
絢奈在公園的入口，她一看見我就露出開心的微笑並跑向我。
「讓你久等了，斗和同學！」
看著站在一旁的絢奈用充滿活力的聲音這麼說，我的嘴角不自覺地上揚。

「謝謝妳，絢奈。依約來見我。」

「只要是斗和同學找我，不管哪裡我都會去喔♪」

絢奈露出笑容，又靠近了我一點。

雖然那當然是她平時向我展現的笑容，但或許我們此時置身夕陽下，所以看起來有點像是幻想中的畫面……但是，我知道──今天的絢奈是在強顏歡笑……這一點我非常清楚。

「絢奈。」

「是的。」

也為了確認絢奈此時強顏歡笑的原因，和她聊聊吧。

只是……我現在準備要說的事情，某種意義上來說，會否定至今為止的絢奈。

她聽了我說的話會怎麼想呢……雖然對此有點害怕，但是我已經不打算停下來了。

「我想再一次好好向妳說。重要的事情……關於我們今後的事情。」

「我們今後的事情……重要的事情？那該不會是……？」

絢奈非常明顯地露出忸怩而害羞的樣子。

我的說法或許聽起來確實會被認為是告白，又或是傳達類似的意思，但也別無他法。

可是我在心中說了聲對不起後，立刻開口說道。

「最近我一直很在意絢奈妳的狀態。我在想為什麼妳有時候會突然露出憂鬱的笑容，或像是現在妳也露出強顏歡笑的表情。」
「……斗和同學？」
絢奈的表情明顯改變了。
直到剛才都還在的笑容消失，取而代之的是困惑的表情，她繼續看著我，我於是堅定地注視著她，繼續對她說：
「絢奈，妳是不是一直都背負著些什麼呢？一些妳原本可以不需要背負的東西……真要背負的話，應該也是要由我來承擔憎恨和悲傷。」
「唔！」
絢奈對於我說出的話感到驚訝而瞪大眼睛。
她的反應正是最好的證明，證明我原本就知道的記憶以及斗和告訴我的事，再對照這個世界的情況，一切都沒弄錯。
看著絢奈明顯的變化，讓我湧起一股想立刻停止這樣的談話並抱緊她的衝動，但我用力地壓抑下來。
「看樣子我沒說錯吧？」
「…………」
絢奈低著頭沒有回答。

老實說，只要把全部的事都告訴她，應該會輕鬆許多吧……但是，對她們而言，自己的世界被當作遊戲世界也只會讓人覺得莫名其妙，更重要的是，就算是只有我知道的記憶，說出別的世界的事情也總覺得不太對。

絢奈低著頭，過了一會兒，她輕輕吸了一口氣。

然後她語氣激動地大聲說道：

「那些……才不是不需要背負的東西！那些人可是對斗和同學說了那麼過分的話喔？我怎麼可能原諒他們……最喜歡的人被說了那種話，我怎麼可能有辦法忍受呢！」

基本上絢奈很少那麼大聲說話。

也只有在我發生了什麼事的時候，才會像這樣顯露出情感……雖然說最重要的應該是要避免這種情況發生，不過當我去幫助小女孩時或是幫星奈阿姨時我都挺身而出，因此讓絢奈擔心了。

那些時候她也都露出不同以往的樣子，但是這次絢奈的情緒看起來比過往都更激動。

「初音阿姨對斗和同學說了很過分的話！琴音和斗和同學見面時也說了很過分的話！我媽媽也是……而且！而且那起意外明明是因為修同學的粗心所導致的，他居然還笑了喔！那不是……那不是絕對無法原諒的嗎！」

「……絢奈。」

絢奈的眼裡充滿憤怒，彷彿在瞪著某個我以外的東西。

不知道是不是因為連續說了很多話，她肩膀顫抖著喘氣，額頭流下汗水，我從沒見過她這麼倉皇的模樣。

絢奈看著我的眼神如剛才所說確實充滿憤怒……更強烈的是求助，像快哭出來的孩子般的眼神。

「……抱歉啊，絢奈。」

「咦……？」

聽到我突然道歉，她睜大了眼睛。

以目前的情況，絢奈對於我為何道歉確實會感到困惑……但對此我有很明確的理由。

「我一直都沒能注意到。直到妳變成這樣為止，我一直都沒發現……只是沉浸在有絢奈陪伴的幸福裡，實際上卻沒有看著妳。」

這是我和斗和，兩個靈魂重疊在一起之後才能說出口的話語。

我是斗和，斗和也是我……因此，斗和的過去也就是我的過去。

絢奈搖著頭，表示沒有這種事。

「才、才沒有那種事呢！斗和同學一直都看著我！」

不，從讓絢奈露出現在的這種表情看來，很明顯地我一直沒有好好看著她。

結果我一直都在依賴她……只是因為有絢奈在身旁，就獨自一人感到幸福、樂不可支罷了。

一直都沒注意到絢奈心中的黑暗，吊兒郎當地活著——這就是我。

「結果我跟修根本一樣。只是依賴著妳的溫柔。」

「不對！斗和同學和那傢伙才不一樣！」

絢奈不斷「不對、不對」地搖著頭。

現在的她已經不是平常在我身旁露出笑容的她，對於我說的話，她只是持續一個勁地否定。

（心好痛啊……真的不想看到這樣的絢奈啊。）

心實在太痛了，想靠近她的衝動變得比剛才更強烈……不，我雖然行動了，但是絢奈比我更快，撲進了我的懷裡。

「不對……不是的……斗和同學是……斗和同學是！」

絢奈用額頭磨蹭著我的胸口，然後抬起頭來，就像是不給我說話的空隙一樣立刻接著說道：

「因為會沒事的……因為斗和同學你會沒事的！那些人的事情請全部交給我吧。因為我一定會讓他們後悔的……所以……所以……！」

終於，絢奈總算坦白了她打算做的事情。
她並沒有詳細說明進行的方式，但是她為了讓包含修在內的那些人後悔，祕密地行動著……絢奈正在暗中策劃並執行的事情，肯定就和遊戲劇本一樣。
「妳總算告訴我了呢。」
「……啊。」
我在想，或許絢奈也不知道自己在說什麼吧。
絢奈原本的計畫，應該今後也絕對不會告訴我任何事，暗中獨自一人行動並結束一切。
然而，事情尚未結束。
絢奈肯定會想辦法說服我，並且繼續行動……畢竟絢奈擁有的力量強大到足以像這樣展開行動——那是對我一心一意、沉重的愛所導致的行動……雖然自己說有點丟臉，但是我很高興。
「依絢奈妳的個性，本來就打算一直不告訴我對吧？在我什麼都不知道的情況下行動並結束一切……然後永遠獨自一人背負這些事並陪在我身邊……對吧？」
「……為什麼……」
對於我為什麼會知道得這麼清楚，絢奈驚訝的樣子不言而喻。
我沒有說自己算是稍微靠作弊來搪塞過去，而是趁勢繼續說道：

「絢奈，妳沒必要做那種事。」

我一這麼說出口的瞬間，她的表情從驚訝變為絕望。

她最害怕的就是我的拒絕……換句話說，她之所以露出這樣的表情，正是因為我否定了她正在做的事。

她依然沒離開我，我一邊輕撫她的頭，看向凝視著我、沒把視線移開的絢奈，並且這麼說道：

「今天啊。在保健室睡覺的時候我作了一個夢喔。」

「夢……？」

「對。我看到了在我什麼都不做的情況下會迎向的未來……雖然是各方面我都很順心的夢，但看到了絢奈獨自一人痛苦不已的未來。」

「那……是……」

絢奈露出了更加受到衝擊的模樣。

不過和我預想不同的是，她對於夢境並不怎麼覺得奇怪，反而做出像是有什麼頭緒一樣的反應，讓我很在意。

我心想「不會吧」，並這麼問她：

「該不會絢奈妳也夢到了？」

雖然覺得不可能，還是忍不住問了。

稍微隔了一陣子，絢奈確實點了頭。

（……會有這種事嗎？但是，想到我醒來以後，看到絢奈時有些介意的感覺，似乎也不像假的。）

這搞不好也是能夠撬開絢奈內心的其中一個奇蹟也說不定。

但是，絢奈的想法似乎不同……事到如今，這個話或許說的有點重，但絢奈實在非常頑固。

「但是……就算作了那種夢我也不會改變！不管我有多痛苦都無所謂！我只不過是想為了斗和同學而活……就算我痛苦，斗和同學幸福的話不就好了嗎！」

就在我聽到這番話時，我的內心有一條什麼東西斷掉的聲音。

只要仔細想的話……不，不管怎麼想，我絕對都沒有對這個女生生氣的道理……但是，我此刻第一次對絢奈感到一股不小的怒氣。

「那樣到底哪裡好了啊！絢奈！」

「唔！」

重重地將手放在她的雙肩，我大喊道。

我從來沒像這樣對絢奈大聲說話過，肯定也沒露出過這種凶狠的表情。

證據就是絢奈雖然一直看著我的臉，但很明顯地透露出膽怯的樣子。

看到這樣的她，我並沒有停下來，而是把至今為止的焦躁全都一吐為快般的繼續說：

「哪個世界有男人能忍受自己所愛的女生受苦啊……更何況那女生還是因為自己而受苦喔！妳試著以相反的立場想想看吧。要是我為了絢奈而努力做些什麼，然後我在絢奈不知道的地方受傷的話，妳會怎麼想？」

「我、我會……」

絢奈想像了以後，再次低下了頭。

……對吧？絢奈妳也會那麼想對吧？妳的態度就是最好的證明，妳就是準備要對我做一樣的事情啊。

就算說了這麼重的話，絢奈也完全沒有和我分開。

至今為止我們從來沒有進行過這樣的對話，因此絢奈大概也不知道該怎麼做才好，只是緊緊黏著我……這麼一想，我都說到這個地步，她依然沒有離開我，或許也算是一種非常信賴我的表現吧。

「抱歉啊，把話突然說得這麼重。但我想說……真的，一扯到我的事情，絢奈就會變得非常頑固。雖然那也讓我很高興，但也覺得有點沉重。」

「……你不喜歡嗎？」

「不會喔。最喜歡的女生這麼為我著想，我可是大大歡迎。」

我輕拍她的頭，這次我溫柔地把手放在她的雙肩上，再次和她互相凝視。

雖然絢奈還在哭，但是多虧了剛才的對話，現在她的表情變得柔和了……我看著她，心想就是這時候了，我要為了讓我和斗和說過的話成為現實而展開行動。

「我說絢奈，我今天打算在妳面前跨越過去的悲傷。然後與此同時，絢奈也一起向前邁進吧——不被過去囚禁，而是面向未來。」

「咦？」

我離開絢奈，拿起藏在草叢裡的球。

我看著叫出聲音、睜大眼睛的絢奈苦笑了一下，沒想到她會驚訝成這樣……不過那或許也是沒辦法的事。

因為要是記憶正確，自從我出院以後，就再也沒有像這樣摸過球了，所以那確實會讓她這麼驚訝。

（老實說，我對於踢足球是什麼樣子沒有任何頭緒……但是我知道自己現在該做什麼……不、不對。是我知道自己想做什麼。）

從這時開始，我就只是跟隨自己的本能。

我把球放在地上後，靈巧地讓它停在我的腳尖……然後開始挑球——真是不可思議的感覺……就像是身體記得、就像是我過去曾做過一樣的事，我靈活地掌控著球。

「嘿！喝！看招！」

當我這樣開始挑球的時候，我想起了那個時候……想起了和絢奈初次見面的時候。

我為了想讓低落的絢奈打起精神，拚命地做自己能做到的事……我還想再次看到那時候她所展露出的笑容，那個使我喜歡上她的契機。

「……啊啊……嗚！」

當我踢著球時，瞥見絢奈在哭……但是，那個哭泣的表情絕對不是只有悲傷的神情。

然後，我看見了。

「……呵呵！」

我看見絢奈笑了。

「絢奈妳記得嗎？為了讓看起來快哭的妳像這樣露出笑容而做的事……總之我就是想讓妳露出笑容所以才這麼做！」

「是的……我記得！我當然記得……因為那是我和斗和同學的相遇啊！」

我一邊擺弄著球一邊點頭回應絢奈說的話。

就是說啊……我和妳的時間從那個時候開始，至今共度了好多時光。

但是這絕對不是一條將在某處終結的道路，我不想讓它結束。

從我們相遇而開始的故事將會一直延續下去……為了和最喜歡的妳，今後也能一同走下去！

我停止挑球，一邊踢著球一邊站到了足球球門前。

這次和絢奈相約的地點會選擇這裡，首先是因為這裡是充滿回憶的地方，並且也因為這裡有足球門。

就像是在叫我使用這個場所似的，這裡的一切全都適合作為我和絢奈嶄新出發的地點。

「那起事件造成的悲傷與憤怒確實還殘留在我心中……也當然還會覺得自己為什麼會遭遇這種事情。」

斗和懷著的悲傷與恨意如今仍在我心中糾纏著我。

但也已經夠了吧，過去雖然無法改變，但是可以跨越，就讓我來證明這件事吧？

就讓我充滿自信地昂首告訴這個世界，要改變絢奈會壞掉的未來這種事還不簡單。

「所以我會跨越的！所以絢奈，妳也不要再繼續被過去囚禁了。我們一起跨越吧——我沒事的……所以並沒有任何東西是需要妳來替我背負的！」

「斗和同學……！」

我感受著背後傳來絢奈靜靜注視我的視線，我凝視球門。

「呼……」

我輕輕深呼吸，調整自己的呼吸。

或許是我想得太簡單，也或許會被認為自己做的事情太無所謂。

但是首先我想把自己心中累積的負面情感解決掉……正因為這是我所懷著的感情，只有我有辦法做些什麼。

（就用這一發搞定吧……要上嘍，斗和。）

你還在裡面嗎？儘管不曉得，但是總覺得感受到有誰點了點頭的感覺。

我抬起腳，朝著球門用力把球踢出。

球就這樣直直朝向球門飛去，網子發出「啪」的一聲搖晃了一下。

好久沒感受到這種感覺……那是一種極為舒服的感覺，同時還有將某個一直糾纏著我的東西一掃而空的舒暢感。

「真是漂亮的射門啊。」

那是一個讓我忍不住自己點頭稱是的漂亮射門。

當我這樣自吹自擂的時候，絢奈從身後抱了上來，將手腕環抱住我的腰。

對於還沉浸在射門餘韻中的我來說，這個突然的衝擊讓我稍微嚇了一跳，但我很快就湧出一股對她的憐愛之情。

「……我以為再也看不到斗和同學的這個姿態……如今沒有比這更讓我開心的事了喔。

因為我真的最喜歡看到踢足球的斗和同學了。」
「我也一樣……我也最喜歡看到絢奈和媽媽手裡拿著擴音器替我加油的樣子了。」
我一邊回想以前的事，一邊輕輕鬆開她環抱著我的手。
然後我面向絢奈，像剛才一樣緊緊抱住她。
（……真的好幸福啊。喜歡的人在懷中的感覺。）
我抱著絢奈過了一段時間以後，再次重新和她視線交會。
「剛剛也說過，我已經沒事了。我已經和悲傷的過去與痛苦的事情真正告別了。」
「…………」
「所以絢奈，再讓我說一次——妳不需要背負任何東西。因為妳真的沒有背負的必要。」
「可是……」
都說到這個地步了，絢奈似乎還是沒被說服，我剛才就這麼覺得了，這個女生真的是太過頑固。
這樣不就像是主角煩惱著如何攻略頑強的女主一樣嗎？我不禁苦笑，但還是認真地繼續對絢奈說：
「就算要妳不要獨自承受、背負，但妳一直以來都是這麼做的。所以我明白這不是能輕易捨棄的東西。我不會否定妳的這份心情……所以，我會一直陪在妳身旁，持續治癒妳這份感情的。」

「斗和同學……」

「然後我會讓絢奈了解到過去的憎恨和悲傷都是沒必要的。我們當中一個人幸福而另一個人不幸的話，那就是錯誤的狀態了。不能只是其中一個人……我們必須兩個人都獲得幸福才可以。」

「唔！」

沒錯，只有其中一人得到幸福是沒有意義的。

如果期望對方得到幸福，那麼自己不幸福是不行的……因為我認為這樣做，兩個人都得到幸福，才能真正地攜手走向未來。

「我今天找絢奈來這裡就是想說這件事。另外，還有一件事想告訴妳。」

「……除了這個還有別的事情嗎？」

「當然……啊啊不過，或許這個才是重點吧。」

雖然我還沒從絢奈那裡得到回答，但我想讓她聽了以後再做判斷。

我現在準備要說的事情，是為了結束至今為止我們之間半吊子的關係……以及為了往前邁進所必須做的事。

「呃……就是……那個……」

是說，咦？我為什麼現在才突然害羞起來啊。

我明明現在就這樣抱著絢奈，也說過好幾次令人害羞的台詞……甚至也做過色色的事情了，事到如今還在躊躇什麼啊我！

我再次深呼吸以後，說出了這番話：

「說起來我沒有正式向妳說過對吧？我們只是順水推舟變成這樣曖昧不清的關係……所以我要跟妳說——我喜歡妳，絢奈。」

「……啊……」

老實說，這是我想向原本的斗和抱怨的部分。

原本我們就是順其自然變成這樣，並沒有互相表明心意……當然我們曾經說過很多次喜歡對方，但那充其量只是讓關係繼續曖昧下去的話語。

正因為如此，我決定要好好告白一次。

這是對於要如何跨越過去並且向前邁進，我所想出來的答案。

「……斗和同學你……」

「嗯。」

「你真的是個很不可思議的人。」

絢奈說完，再次把額頭靠在我的胸口。

她更用力抱緊我，那個力道讓我明確感受到她的強烈心意。

「老實說……我沒想過會變成這種情況。你不只注意到我一直隱藏著的東西，還讓我看見一直想再看到的姿態，甚至說出我最想聽見的話。」

絢奈抬起頭來，直視著我繼續說道：

「斗和同學，我是殘忍的女人。我一直想要讓那些人後悔，而且自從我知道修同學對我的感情後，就想利用這點來展開復仇……甚至打算利用無關的人作為犧牲品。但是，我卻是個會因為斗和同學的一句話就輕易動搖的輕浮女人……對於這樣的我，斗和同學——」

「我喜歡。不管是怎樣的妳，我都喜歡。要我說幾次都可以——對於妳，對於絢奈妳這個人，我發自內心非常喜歡。」

當我強烈地如此表明後，絢奈也點頭回應我。

「我也喜歡斗和同學。喜歡到無法自拔。不管發生什麼事我都不想離開你，就是這種程度的喜歡。即使你覺得我是個麻煩的女人也無所謂，我就是喜歡你到那種地步。」

當我聽到絢奈如此直率的話語，我的心中湧起喜悅之情。

至今為止我們彼此已經互相表白很多次，但毫無疑問的，此時我們的話語中包含著與過往不同的意義。

當我靜靜地凝視著絢奈時，她輕輕閉上眼睛。
我回應她的暗示，靠近她的臉並親吻她的唇。
「……絢奈。」
「……斗和同學。」
我們分開了一下，輕聲呼喚了彼此的名字後，再次接吻。
「……好鹹啊。」
「因為我剛剛哭過。這一點請你忍耐一下。」
女生的眼淚就算鹹也很美味啊——要是我這樣說的話，她會生氣嗎……？
因為覺得一直維持嚴肅的氣氛也挺累的，想說要不要開個玩笑，但還是忍了下來。
「接吻能讓人覺得好幸福呢。」
「就是說啊。雖然我一直都這麼覺得，不過剛剛的吻比至今任何時候的都還要幸福。」
我點頭表示認同。
那麼，還剩一件事……還有一件事情非說不可。
「絢奈。」
「是。」
「妳願意和我交往嗎？我希望從今以後，妳能一直待在我身邊。」

「好的。我也想和斗和同學交往——從今以後，我也想要一直待在你身邊。」

既然都已經表明心意了，不問這件事是不行的啊。

聽到絢奈的回覆讓我感到安心之餘，我明顯地呼出一口氣。

我們並沒有因為這次的對話使得兩人的關係鬧到無法修復，或許是因為我和絢奈之間的關係就像是結果早已注定好的比賽吧？就算是那樣也沒關係……因為現在的我非常滿足。

「稍微在長椅坐一下吧。有點累了。」

「啊……也是呢。稍微休息一下吧。」

我帶著絢奈，在以前也坐過的長椅坐下來。

天色漸漸變暗了，不過看來絢奈並不打算就這樣分開，證據就是當我們在長椅坐下的瞬間，絢奈緊緊抱住我的手臂，將身體靠了過來。

（……真的讓人好安心啊。像這樣和絢奈待在一起。）

在感到安心的同時，我一想到各種事情，忍不住覺得今後將會有很多麻煩的事……不過因為有絢奈在身邊，所以不論遇到什麼事，我都確信能夠跨越。

「……斗和同學。」

「是的。」

「咦，怎麼了？」

「沒有啦，我在想事情，不小心變成敬語了。」
「……呵呵♪」
身旁有人在卻埋頭思考實在不太好，不過唯有現在希望她能諒解我。
她掩著嘴輕輕笑了，然後這麼說：
「天色已經暗下來了……那個，我想再接吻一次。」
「…………」
「不行……嗎？」
「怎麼可能會不行呢。」
「斗和同學你說話的方式不太穩定耶？」
啊啊真是的！因為我就是高興成那樣啊！
我回應絢奈的期望，再次吻了她——當一方離開時，另一方又縮短距離，嘴唇與嘴唇再次彼此接觸。
「謝謝你……欸嘿嘿！」
「……太可愛了吧。」
對我來說，絢奈從一開始就既可愛又漂亮，是個很有魅力的女孩。
但是此刻在我面前的她，看起來比至今為止都更充滿魅力……沒想到原來光是關係邁進了一步，對方在自己眼中就會有這麼大的變化。對於自己著迷於絢奈是否有表現在臉上這件事使我有些不安，而一想到這也是我握入手中的幸福之一就讓我感慨萬千。

不過……唯有一件事讓我很在意。

（不論是在遊戲中還是在這個世界裡，絢奈為了讓修他們受苦而暗中行動著……但是那些全部，是她獨自一人能辦到的事嗎？）

是絢奈將各個女角分配給將她們奪去的男人們……雖然這是在遊戲外傳中明確描述的，但就算是遊戲，我實在不覺得絢奈能一個人辦到……不過，事到如今想這些也沒用吧。

「斗和同學。」

「嗯？」

絢奈叫我，我於是看向她。

她的視線離開我，抬頭看著天空，就像月之女神一般美麗，牢牢吸引住我的目光。

我們約在這裡碰面是傍晚的時候，但周圍已經變得昏暗。

雖然已經是必須回去的時間了，但我還想再多跟她聊一下。

「斗和同學你說我打算做的事情是很無情的。老實說，我也這麼覺得——因為我想做的事情，是為了讓修同學感到絕望，讓他親眼見到與他親密的人們尊嚴被剝奪的樣子，在最後的最後，讓他知道我打從一開始就不是站在他那邊的。」

「…………」

這樣聽她親口說出來，有種不可思議的感覺。

她說的事情明明就會招致殘酷的結果，她給人的感覺卻很柔和，一點也不讓人害怕……這是因為我的直覺告訴我，絢奈已經絕對不會做這種事了。

「現在我心中仍然殘留無法原諒那些人的想法……但是，斗和同學你是這麼地支持我，說要一起向前邁進——所以我也會努力跨越的。」

「絢奈……」

「我從一開始……一開始就沒必要一個人承擔呢。雖然我之前一直都這麼想，可是真的很不可思議。我明明就理解自己打算要做的事情非常可怕……我卻非常肯定自己能夠做到。不知為何我就是知道，我絕對能讓那些人遭受報應。」

「是這樣啊……」

「是的……真的很不可思議呢。」

搞不好是世界的意志在影響絢奈也說不定呢。

但畢竟這個世界依然是我們所生活的現實……正因為如此，像這樣透過對話，要如何改變未來都可以。

「絢奈是我的女友……女友啊～」

說是這麼說，但再次認知到我們現在的關係，還是讓人忍不住咧嘴笑出來呢。

在一旁輕聲笑著的絢奈，邊用食指戳我的臉頰邊這麼說：

「我也很開心，所以拜託你克制一點啊。不然我也會跟著笑到合不攏嘴耶。」

「絢奈妳真好耶。因為妳就算是那種表情也很可愛啊。」

「哎呀，要這樣說的話，斗和同學你也依然很帥啊，這樣太賊了。」

「……哈哈！」

「……呵呵！」

然後不僅是其中一方，而是我們兩人再次笑了起來。

真的……真的好棒啊，這個感覺。

明明一直以來也都跟絢奈在一起，然而現在，在我們之間卻有充滿新鮮感的純真感覺。

我抬頭看著還留有一抹紅色的天空，輕聲說道：

「……這樣暫時就能放心了吧……呼～」

或許絢奈還沒像我一樣徹底想通……不過現在這樣已經沒問題了。

我剛才以非常小聲的聲音無意識地低語。

然而絢奈似乎聽得很清楚。

「沒問題的。我並沒有蠢到在愛的人都知道計畫的情況下還幹出什麼事來。」

「妳的意思是，如果沒被知道的話，就絕對會做對吧？」

「那當然。我的決心就是那麼強烈！」

……唔～～她說的話明明那麼凶惡，但因為我已經放下心來，因此看在我眼中只覺得她可愛而已。

「妳這個喜歡惡作劇的小惡魔。」

「呵呵，不懲罰我的話，不曉得我會做出什麼事來喔？」

「…………」

絢奈實在太可愛了，讓我幾乎失去了語言能力。

我又再次和她互相凝視了一下，再次接吻之後，我們起身準備回家。

第7章

日暮時分轉瞬即逝，我和絢奈一起走在變暗的街道。

「斗和同學。」

「怎麼了？」

「沒有，只是想叫你而已。」

「……這樣啊。」

「是的。」

該怎麼說，從剛才開始就一直重複著這樣的對話。

從離開公園前絢奈的可愛程度就很不得了了，但像片刻也不願和我分開般，抱著我的手臂走路的她真的好可愛，被這樣挽著所感受到豐滿胸部的柔軟觸感，幾乎就像是額外獎勵的感覺。

把視線從輕聲笑著的絢奈身上移開，兩人安靜下來繼續邁開步伐。

「啊……」

但是，當我正覺得安靜，偷瞄絢奈一眼時，她也在看著我。
然後不知為何，兩人都害羞地紅了臉，同時移開視線又再次眼神交會……請問～～現在這到底是什麼情況啊？
「就算要黏在一起，也要看前面……」
「不要♪我只要看斗和同學♪」
就算我建議她看前面，但她這麼可愛地如此回應，我也沒辦法太強硬。
她真的就繼續挽著我的手臂，視線完全沒離開過我，繼續走在回家的路上。
然而就在那個時候——他出現在我們的面前。
「啊……」
看到眼前出現的人影，我和絢奈停下了腳步。
「修。」
「…………」
沒錯，眼前出現的是修。
不知道他是不是用跑的在找我們，他劇烈地喘著氣，臉上滿是汗水。
修先是用驚愕的眼神看向挽著手走路的我們，接著狠狠瞪著我……那是至今為止，修不曾對我投以的視線。

那個眼神充滿驚愕與悲傷，以及對我的憤怒。

當修呼吸緩和下來準備開口時，絢奈先說話了：

「我和斗和同學交往了。」

「……咦……」

我旁邊的人所說出的話讓他目瞪口呆。

畢竟早晚都必須對修說，因此我打算接著絢奈的話繼續講，但絢奈制止了我。

「希望這裡你能交給我。」

絢奈小聲說完後和修面對面。

我聽從絢奈說的話，暫時什麼都沒說並觀察狀況——不過，此時我注意到一件事。

那就是絢奈看著修的眼神。

以前絢奈看向修的眼神感覺毫無感情，但現在她看著修的眼神並非毫無感情——那確實是看著青梅竹馬那種存在的眼神……沒錯，她將他視為青梅竹馬。

「我一直都喜歡斗和同學。從小學的時候開始，相遇的時候就一直最喜歡他了。」

隨著絢奈說出的話，修的眼神變得越來越悲傷。

不願意相信，不願意承認，他的眼神傳達出那種感情……修像是忘了我的存在，只是靜靜看著絢奈。

只凝視著絢奈的修，大吼大叫地開口問道：

「為什麼……為什麼啊！我們從小時候就一直在一起了！何況我們也比妳跟斗和在一起的時間更多不是嗎！妳一直都在我身邊……妳不是一直都面露笑容待在我身邊嗎！」

那是身為絢奈的青梅竹馬，一直和她共度時光的修才能說出口的話語。

對於待在自己身邊的絢奈，修沒有懷疑過她喜歡自己這件事，一直認為會和絢奈在一起的是自己……因此他沒辦法接受。

今天真的看到很多人的各種表情呢，我雖然這麼想著，但沒把視線從這兩人身上移開。

「是啊。我們一直在一起。」

「既然如此！」

「正因為如此！」

「唔……」

比起大聲說話的修，絢奈用更大的音量蓋過他的話語，用冷靜的聲音繼續說：

「請去找比我這種人更好的人。比起利用你的感情、持續說謊的差勁的我，修同學肯定會有更棒的對象。」

絢奈的話語中或許包含著訣別與歉意吧。

她所浮現的表情雖然無疑是微笑，但對修來說只是遭受殘酷事實的打擊……我對修也有

各種想法，但我也不打算自認為比他正確。

正因為與修共度的日子也確實刻印在我的記憶中，因此就算是修，看到他受傷的表情我也有點難受。

「說謊是怎樣啊……我一直都對絢奈……」

眼裡含著淚水的修向絢奈伸出手……但是絢奈並沒有回應伸向她的手。

看到絢奈的樣子，修徹底理解並把手放下，接著將視線轉向我——

在他眼裡的是明確的敵意，讓我感覺到他在說我是背叛者。

「你這傢伙——」

修往前踏了一步……但是，就連這也被絢奈攔下了。

「修同學！」

「……唔！」

「請你不要再像那些人一樣陷入停止思考的狀態。請不要因為事情沒有全部如你所願而發脾氣。否則修同學也會一直停在原地喔。」

「……可惡！」

在他沉浸於怒火之際，絢奈的話似乎讓他的腦子冷靜下來，一溜煙地跑掉了。

看著他漸漸變小的身影，絢奈輕輕吐出一口氣，再次撲進我的懷裡。

「老實說……感覺有一點自打臉呢。但是……這樣我是不是也算往前邁進一步了呢。」

「嗯，是啊。我也打算有天要和那傢伙聊聊。」

我的事情就暫且不提，我摸摸絢奈的頭鼓勵她做得很好。

我們暫時站在原地，我持續撫摸她的頭，當手離開時，絢奈抬頭看我，露出一臉不滿足的表情。這樣的話，我會不知道什麼時候要停而感到苦惱的。

「今天我……不想回去。」

「……啊～」

不是「今天我」而是「今天也」才對吧？不過我沒有做這種不識趣的吐槽，既然絢奈想這麼做，我也沒有拒絕的理由。

但是……聽到「今天不想回去」這句話不僅讓人心跳加速，也更強烈感受到和她真正成為情侶的真實感，嘴角再次上揚……啊啊我今天已經不行了！

「斗和同學？你怎麼在顫抖啊？」

「是誰的錯啊！誰的！是絢奈妳害我的身體抖個不停啊！」

「咦、咦咦咦咦咦咦咦！」

總之就先當作讓我變成這樣的懲罰，為了報復絢奈，我狠狠抱緊她。

我們在黑暗的夜路上打情罵俏了一陣子，然後我的手機收到媽媽傳來問我在哪的訊息，於是我回過神來，立刻就回家了。

▽▼

「媽媽……妳超開心的耶。」

回到家後，只是告訴媽媽今天絢奈也會在我們家過夜她就很開心了，當告訴她我們正式開始交往後，她開心到展現出堪稱手舞足蹈的驚人模樣。

一如往常，今天媽媽又喝得酩酊大醉。

「不過……看她那樣，大概是等很久了吧。」

雖然媽媽似乎也沒懷疑過我們的關係，但我想她一直期望得到我們正式的報告。能給一直守護著我們的媽媽一個喜報……這樣也算是一種孝順的行為吧。

「真的……發生了好多事啊。」

這幾天發生的事，毫不誇張地說，密度高到像是集結了好幾個月的事件。

在這個世界以斗和的身分醒來；遇到最喜歡的絢奈；隨波逐流地度過與絢奈的甜蜜時光，一邊感受到異樣感；然後想起了這個世界的事情，和絢奈對話……然後總算消除了絢奈心中的黑暗。

真的好緊湊……要是這是遊戲的話，簡直不知道到底要花掉多少行動力點數。

「修的事情或琴音跟初音阿姨……還有星奈阿姨。雖然還有問題沒解決，不過關於伊織和真理應該沒問題了。只要阻止絢奈，她們應該就不會有事。」

當然，就算是這樣，我今後也不會完全不關心她們的情況。

雖然對她們來說我只是個學長或學弟，不過既然關係變得不錯了，我至少能守護她們，以防萬一。

「……嗯？」

我看向窗外時，看見自己映照在窗戶玻璃上的模樣。

那是一如往常身為雪代斗和的模樣，我對這樣的自己露出微笑。

「斗和，總算是搞定了啊。我……覺得我努力過了。」

或許是心理作用，映照在窗戶上的我笑了嗎？畢竟也很累了，或許是我多心，不過就當作是看見了吧。

當我這樣獨自讓思緒奔馳的時候，我聽到門外傳來腳步聲，洗好澡的絢奈回來了。

「泡澡的熱水真棒♪讓你久等了，斗和同學。」

「歡迎回來，絢奈。」

把頭髮好好吹乾的絢奈來到我旁邊，我什麼都沒說，只是繞到她身後，把手臂環抱在她的腹部抱緊她。

「該不會你沒在等我？」

「我覺得有點寂寞啊……嗯，好寂寞。」

「呵呵，今天的斗和同學真的好可愛呢。」

「妳在說什麼啊。比起我，絢奈妳才是吧。」

男生被說可愛會覺得開心嗎，當我被說的時候感到有點奇怪，所以這種話還是比較適合絢奈這樣的女生。

「……嘶！」

「呵呵，很癢耶！」

我把臉埋在絢奈的頭髮裡，聞她的香味。

為了不讓扭動身體的絢奈逃走，我用力地抓緊她……不過絢奈並不會逃走呢，這樣啊、這樣啊——我如此想著。

「像這樣只是緊抱著就滿足了呢。不僅味道很香，絢奈的體溫也非常舒服。到了夏天就不能這樣了，正因為是現在才能盡情這麼做啊。」

「就算是夏天也請這麼做啦。斗和同學就算流汗黏黏的我也不介意喔？」

「黏黏的話才要拜託妳感到厭惡吧。」

「才～～不要♪」

絢奈輕輕笑著……嗯，真的是發自內心的笑容啊。

我想現在的我肯定感慨非常深吧，我或許露出的極為溫柔的表情。

絢奈一瞬間睜大了眼睛，然後立刻再次微笑著這麼說：

「斗和同學，現在的我感覺好像長出了翅膀。」

「意思是？」

「或許是……解放的感覺吧。彷彿卸下了一直銬在腳上的腳鐐，那種程度的清爽感覺。」

「原來如此……原來如此。」

啊啊……真的好高興啊，聽到她這樣對我說。

我又更用力抱緊了絢奈一點，絢奈也把自己的手疊在我的手上，然後握緊我。

「全部的事情並不會全都順利。我想接下來肯定也會有困難的事……雖然我努力壓抑快顯露出來的黑暗部分的瞬間肯定也會增加，但是沒問題的！因為有斗和同學在啊♪」

「是啊，就是那樣。然後我也一樣啊。不論發生什麼事，被人說什麼話，因為我已經跨越了所以也不會在意，因為有妳在身旁啊。」

「是的♪」

兩個人的話，肯定無論任何困難都能跨越。

這不是一廂情願的想像，我可以對此充滿自信——不管怎麼想都沒問題吧？因為有這麼棒的伴侶在我身旁。

「……到現在我能夠接受了。如果是那個狀態的我，肯定沒辦法以這種心情待在斗和同學的身邊呢。」

「雖然我很想說確實如此，不過即使是那樣，絢奈肯定也會隱藏起來吧。」

「那也是愛的力量吧……不過，肯定是現在這樣比較好。」

絢奈放開我的手臂，正面朝向我。

抬頭往上看著我的她……看起來像是在期待什麼，我隱約覺得「大概是這個吧」，然後親了她。

「欸嘿嘿，就算不說你也知道呢？」

哦，看來是正確答案……好耶！

不知怎麼的……今天一直都有種飄飄然的感覺，希望能維持這種心情直到今天結束。

絢奈就像是逮到我徹底鬆懈下來的時刻，她毫不掩飾激動的樣子，這麼說道：

「斗和同學——謝謝你找到我、幫助我……喜歡上我，真的很謝謝你！」

說著「謝謝你」的她，笑容非常美麗。

宛如讓我永遠無法忘記，烙印在腦海中一般……她露出如此發自內心的笑容。

我才要謝謝妳，絢奈。

謝謝妳和我相遇、幫助我……喜歡上我，真的很謝謝妳。

毫無疑問，我們今天跨越了一道牆。

隨著意識到這一點的同時，為了能夠永遠保護在我懷裡的她……我內心發誓今後也會與她一起走下去。

並非一個人，而是兩個人一起得到幸福——這就是我的……不對，是我和絢奈兩個人所找到的答案。

後記

我是みょん。

這次非常高興能順利出版這本《情色遊戲女主角》第二集！

這次作為一個結尾，與絢奈的故事結束了……雖然並非真正結束，但告了一個段落……能走到這一步真是太好了。

雖然故事中當然還留有一定程度的謎團，不過我寫出最想寫的部分了，所以我很滿足，甚至想要誇獎自己幹得好啊（笑）。

當然，作品能像這樣成型不是我一個人的力量，我也受到從第一集開始就持續負責插畫的千種みのり老師很多幫助。

還記得當我第一次看到封面插畫的時候，覺得「這個神祕的插畫是怎麼回事」，情緒非常激動。

真的是足以表現出絢奈的心情，並讓人覺得這一集能夠做一個好的收尾，就是這種程度的出色插畫！請讓我發自內心向您道謝！非常感謝您！

然後，也非常感謝拿起這本書的讀者們。

我當然非常喜歡自己創造出名為絢奈的這個角色，如果她能留在各位讀者們的心中……讓各位想要遇到這樣的女生的話，沒有比這個更讓我高興的事了。

最後，我會繼續努力到能說出「故事還在繼續」的程度，所以接下來也請多多指教！

國家圖書館出版品預行編目資料

轉生為睡走情色遊戲女主角的男人,但我絕不會幹這種事/みょん作；陳思朵譯. -- 初版. -- 臺北市：臺灣角川股份有限公司, 2024.02-

冊； 公分. -- (Kadokawa fantastic novels)

譯自：エロゲのヒロインを寝取る男に転生したが、俺は絶対に寝取らない

ISBN 978-626-378-605-9(第2冊：平裝)

861.57　　112021368

Kadokawa
Fantastic
Novels

轉生為睡走情色遊戲女主角的男人，但我絕不會幹這種事 2

（原著名：エロゲのヒロインを寝取る男に転生したが、俺は絶対に寝取らない 2）

2024年2月26日　初版第1刷發行

作　　者：みょん
插　　畫：千種みのり
譯　　者：陳思朵

發 行 人：台灣角川股份有限公司
總　　監：呂慧君
總 編 輯：蔡佩芬
主　　編：林秀儒
編　　輯：楊玟恩
設計指導：陳晞叡
美術設計：郭虹吟
印　　務：李明修（主任）、張加恩（主任）、張凱棋

發 行 所：台灣角川股份有限公司
地　　址：104台北市中山區松江路223號3樓
電　　話：（02）2515-3000
傳　　真：（02）2515-0033
網　　址：www.kadokawa.com.tw
劃撥帳戶：台灣角川股份有限公司
劃撥帳號：19487412
法律顧問：有澤法律事務所
製　　版：巨茂科技印刷有限公司
ISBN：978-626-378-605-9